全盲ろうの東大教授
福島 智

satoshi fukushima

作家
北方謙三

kenzo kitakata

運命を切りひらくもの

致知出版社

まえがき

北方　謙三

私が部屋へ入っていくと、彼は立ちあがった。顔はいくらかずれていたが、躰《からだ》は真正面で私にむいている。眼も耳も不自由な人である。自己紹介したあと、どうしていいかわからず、私は宙に手を泳がせてしまった。言葉はすぐに届かないのだ、とくり返し自分に言い聞かせた。それでも自然に手が差し出され、握手をした。気配を把握する力は、私などよりずっと強いのだろう。私は、掌《てのひら》に集中した。思いはすべて、そこにある。なにかが、通じたような気がした。お互いの命。生きているよな、という感覚。あるいは、よう、という出会いの挨拶。

盲ろう者、福島智との対談である。

不安と戸惑いがまとわりついていたが、それは握手でかなり消えた。

会話がはじまった。私は、ことさらゆっくりと喋《しゃべ》り、それがあまり意味のないことだと、しばらく気づかなかった。早口であろうがどもろうが、指点字の通訳者の人に、まず伝わればいいのである。ほとんど間を置かず、言葉が返ってくる。指点字を受信し、漢字への変換も脳内で瞬時に行われ、驚くほど正確にこちらが言ったことを把握した上での、返ってくる言葉なのだ。鈍い健常者と話すより速く、会話が進行しているような気さえした。不思議な空間に迷いこんでいるという思いに、私はしばしば襲われた。

これが、福島智との、会話のはじまりである。途中から、盲ろう者と喋っているのだと、私は思えなくなった。そして、言葉が、ただの言葉ではなくなったのだ。意味は、通じ合う。意味以上のなにかを帯びて、二人の間で言葉が躍る。摑《つか》みどころがないのに、輝きだけは感じる。そんな表現しかできない。

見えない、聞こえない、福島智の中で、言葉は通常あり得ないような凝集《ぎょうしゅう》を起こし、イメージが醸成されているのだ、と私は想像した。輝きは、瞬間のイメージが発するものである。それは曖昧な私の感覚で、最初に立ち現われたそのイメージが、どれほど鮮やかで異次元のものか、到底思い浮かばない。時には独善的でもあるはずだが、福島智の内部にあるイメージを、なんとかして捉えようとしながら、あてどなく私は語り続ける。そうしていると、私自身の内部にも、これまでなかったものが立ち現われてきそうな、スリリングな瞬間が、時々訪れてきたりするのだった。

福島智は、私の小説を読み、イメージを得て、それを伝えてくる。会話の主要な部分は、それが占めていた。イメージは、正しいとしか言い様がない。読者の数だけ、イメージはあるからだ。しかし、特異だろう。そのイメージを解析しようと試みたが、具体相が浮かばないので、どうしようもないのだ。私はその特異なイメージを、感じるだけである。夾雑物《きょうざつぶつ》がなにもないところに立ち現われる、純粋なイメージ。

周囲は無明無音で、イメージだけが光を帯びて浮いている。その情景のようなものだけは、私の頭にも浮かぶ。あの光が、私の小説世界なのか。見きわめることなどできない、という諦念《ていねん》がありながらなお、感じ取れるものがあるのではないかと、私は心を傾け続ける。

すると、ふと感じるものがあるのだ。それは大きくも小さくもない。強くも弱くもない。宇宙という言葉に、とても近い。イメージが、光を帯びて、無明無音の中にぽっかりと浮いている。宇宙、あるいは無限という言葉に置き換えて、私はそれだけを認識する。

無限の中に浮く、光を帯びたイメージの豊饒《ほうじょう》さを、しかし私は想像してみるだけである。視覚も聴覚も、有限なのだ。極端に言えば、すぐそこだけのことではないか。無限という理解不能の拡がり。そこに、私の小説が醸成したイメージが、ぽっかりと浮いている。福島智が語る、私の小説についての言葉は、すべてそこから発せられているのだ。私は咀嚼《そしゃく》し、呑《の》みこみ、また咀嚼する。時をかけて、その言葉のひとつひとつを理解していこうと努めよう。私にできるのは、それだけである。

いま、私は思う。望み得ないほどいい読者を、私は持ったのではないのか。酒を飲みながら、くだけた話をすると、福島智はかなりやんちゃである。こちらが飛ばした冗談に、高笑いが返ってくるのはまだしも、私の肺腑《はいふ》を衝《つ》くようなことを、いきなり言ったりもする。そして、言ってやったぞ、というしたり顔もするのである。こら、智、と私は何度も言いそうになった。

ほとんど生まれつきの、全盲全ろうの少年の話を福島智がはじめた時、私はショックを受けないように、警戒心をむき出しにした。その少年となんとか対話をしたくて、実に長い時間をかけたのだ、と言った。そして数年後、ぼくは福島さんが好きです、というメッセージが返ってきた時は、嬉しかったらしい。その話を聞きながら、私は思わず泣きそうになった。なんとか涙をこらえられたのは、遠い喝采《かっさい》を思い出したからだ。盲ろう者初の大学生になった時、世間から称賛を浴び、しかし現実に下宿を探す時は、障害を理由に断わられ続けたのだと、昔の怒りを淡々と語ったことがあった。総論賛成の各論反対が世間の常だが、私が総論の中にいていいのか、という強い思いはあった。ここで涙を流せば、遠い拍手を贈る人々と同じになるのだ。

私は、ただ小説を書こう。そして縁があって、その少年だった人がもし読んでくれたとしたら。無限の拡がりの中に浮かぶ、光を帯びたイメージを、一瞬でも獲得できたら。その時、私が小説家であることの意味も、いくらかはあろうというものだ。

ここに、親しき友との会話を収録した一冊を、上梓する。
すばらしき命よ。光はいつも、心の中にある。

平成二十八年七月

運命を切りひらくもの＊目次

第一章　未来をひらく道

第二章　逆境が自分を育てる

■BARにて■

第三章 生きて、生きて、生き切れ！

装　　幀——川上成夫
カバー写真——村越　元
編集協力——柏木孝之

第一章

未来をひらく道

福島智氏が「いま地球人で最もお会いしたい人」と言う作家の北方謙三氏。福島氏はこれまで北方作品によって生かされ、人生の苦しい局面を乗り越えてきたという。北方氏との対談の日を心待ちにしていた福島氏。緊張と興奮の面持ちでご本人の到着を待ち、遂にその瞬間は訪れた――。

北方氏の発する言葉や相槌《あいづち》は、指点字通訳者を通して全盲ろうの福島氏に伝えられ、福島氏は自分で発声することで会話が交わされた。

最もしんどい時期に北方作品に生かされた

北方　初めまして、北方謙三です。

福島　福島智と申します。（握手をしながら）あぁ、さすがにしっかりとした、いい手をなさっている。

北方　ありがとうございます（笑）。

福島　これまで私が魅了されてきた『水滸伝《すいこでん》』や『楊令伝《ようれいでん》』の世界を紡《つむ》ぎ出された方が、いま目の前にいらっしゃる。そう考えると、ものすごい感激です。たとえば、総理大臣や有名な女優さんにお目にかかったとしてもここまで興奮しないでしょう。

北方　そこまで言っていただけるとは思いませんでした。大変光栄です（笑）。

福島　私は目が見えなくて、耳も聞こえませんので、映画を観るとか、音楽を聴くとか、テレビを観るといったことはできません。ですから本を読むことが世界と繋《つな》がる大きな手段であり、楽しみでもあるんです。

四年ほど前に、私は一年間の長期出張でニューヨークにいたんですが、昔患《わずら》った適応障害、まぁ鬱《うつ》の一種なんですが、それが再発してすごくしんどい時期だったんです。それで療養していたところへ日本で東日本大震災が起きました。大学の同僚から、早く日本に帰ってきて被災した障害者の支援をリードしてください、というメールが来たんですが、どうしても動けなくて、とてもしんどい状況だったんです。

そういう中で、たまたま北方先生の『彼が狼だった日』を、インターネットの点字図書館で拝見しましてね。久々に血が騒いだんです。失礼ながらそれまで北方先生の作品は未読だったんですが、あぁ北方謙三という人がおられるんだなと思って、それから日向景一郎シリーズなどの時代小説、ブラディ・ドール・シリーズや約束の街シリーズなどのハードボイルド作品、そして『水滸伝』などの中国の歴史物まで貪《むさぼ》るように読んできました。

とにかく私のこの三、四年間というのは、仕事も上手くいかないし、人生最大の恩師が亡くなったり、家庭のほうでも問題が出てきたりして、全盲ろうの障害を負うことになった十八歳の頃以来の最もしんどい時期だったんです。

でもそうした中で先生の作品で力を得た。おかげでギリギリ崖っぷちで何とかやってこられた。どんな抗うつ剤や安定剤よりも先生の作品が力になりましたし、何度か死んでしまおうかと思い詰めた瞬間もありましたけれども、北方作品に生かされてきたんです。

ですから、私が一番会いたいのは、まぁ一番というのは子供の頃からの夢で宇宙人に会いたいのですけれども（笑）、でも地球人でいま一番会いたいのは北方先生だったんです。


北方　本当に書き手冥利《みょうり》に尽きますね。

時々ですけど、人生の中で、書いてよかったなと思うことがあるんですよ。最近では東日本大震災の時に、三陸の田老《たろう》という町が被災したんですけど、そこの青年から手紙をいただきましてね。震災の後、被害を免れた地元の図書館にあった『水滸伝』を読んで心を救われた。書いてくれてありがとう、と。

きょうはその時以来の感動ですよ。

点字から美しいメロディが聞こえてくる

北方　実は、きょうお目にかかるまで、福島先生は目も耳もご不自由でいらっしゃるのに、どんなふうにして本を読まれるんだろうと思っていました。点字図書館というのは知りませんでしたね。

福島　点字というのは、もともと紙に打ち出したブツブツしたものを指で触って読むんですが、最近はこんな小さなパソコンでも読めるようになっているんです。

北方　これがそうですか。

福島　こういうふうに電子データがブツブツしたものに変換されるんです。どうぞ、触ってみてください。

北方　あぁ、これを触って読むんですね。

福島　いま先生の『楊令伝』の一部がメモしてあるんですけれども、点字図書館ではそういうデータをインターネットを介して読むことができるんです。点字本というのは、盲人の読書の機会を保障するという目的で、著作権法では著者の方の許諾を得なくても点字にしていいことになっているんです。ちなみに、先生はこれまで全部で何冊くらい書かれていますか。

北方　いや、自分でよく把握してないんですよ（笑）。たぶん三百五十くらい書いていると思います。

福島　北方先生の点字本は、ネット上でいま二百三十七冊（二〇一四年十一月現在）だったと思います。同じ作品を複数の点訳ボランティアの方が訳すこともあるので、実質は二百弱くらいだろうと思います。

私はニューヨークにいる時から、この点字図書館を通じて先生の作品をずっと読んできたんですが、点字って指で触って文字を識別するから、読むのに時間がかかるんです。たぶん普通の人に比べて三倍くらいかかると思います。ですから私は先生の作品の半分くらいしか読んでいないかもしれないけれども、作品と一緒にいた時間は長かったと思います。

北方　点字でお読みになる時、心の中にはどういう風景が広がっているんですか。我われはいつも目や耳でいろんなものを捉えていますけれども、福島先生の中では、もっと鮮やかな世界が広がっているんじゃないかという気もするんですよ。

福島　私は九歳まで見えていたし、十八歳まで聞こえていたので、その頃までに見聞きしたことからイメージが広がるんです。

例えば『水滸伝』で梁山泊《りょうざんぱく》陥落の時に楊令が湖に飛び込む場面とか、『楊令伝』で武松《ぶしょう》が亡くなる時、相手の放った矢が自分の体に届くまでの僅《わず》かな時間に、かつて愛した女性のことを思い出す場面とか、いろんな絵がイキイキと思い浮かびますね。
それから登場人物の声がする。笛の音が聞こえてくる。『楊令伝』には、馬麟《ばりん》や燕青《えんせい》が笛を吹く場面がありますよね。具体的なメロディは分からないけれども、もの悲しく、美しいメロディが流れてくるような気がする。そういうふうに点字という文字の世界から光と音と力を与えていただいているんです。

北方　私も誰を書こうという時に、まず浮かんでくるのが声です。その人の言葉ではなくて、声の高さとか、低さとか、澄んだ声だとか、だみ声だとか、まず声で人を区別しているんです。たぶん頭の中でつくっているイメージというのが漠然とあって、原稿用紙に向かって言葉にした時に初めて具体性を帯びるんだと思います。

ですから頭の中にあるのは渾然《こんぜん》一体としたイメージで、最初から一人ひとりがカチッ、カチッと決まっているわけではないんです。きっと先生が思い描かれているような状態のものが、イメージとして頭の中いっぱいに重なってあるんじゃないかと思います。

あとは人間観ですね。やはり小説ですから、人間というものをどう考えるかということについては、私はずっと考え続けています。

いつも、たった一人に向かって書いている

福島　私が北方先生の作品に強く惹かれるのは、切なさと、リアリティがあるということ。それから登場人物が、男にしろ、女にしろ、筋を通して生きているということ。その筋というのも、他人から見るとつまらないと思わ

れるようなものかもしれないけれども、その人が大事だと思うこと、それに懸けて生きるということ。そういった生き方がすごく私の心に突き刺さってきたし、私がそうありたいという願望にフィットしたんです。

そして北方先生の作品には悲しい話、切ない話が多いんですが、そこに何か透明な美しさとか、かけがえのない真実のようなものが一緒にあって、単なる悲しさとか切なさだけではないんです。

先生の作品の中ですごく心に残っている言葉がありましてね。『楊令伝』で燕青が笛を吹いている場面に、こういうフレーズがありますね。

「悲しみとともに、人は生まれてきたのだ。生まれた時に抱いていた悲しみと、死ぬ時に抱いている悲しみは、どこか違う。その違いこそが、生きていた証だ」

このフレーズが決して大袈裟《おおげさ》に書かれているのではなく、長いストーリーの中で何気なくスッと出てきて、グサッと私の胸に突き刺さったんです。あぁ、確かに人生というのは悲しみの中にあるよなぁ。そして悲しみの質というのは年を経るごとに変わってくる。その変化していく悲しみを重ねていくのが人生じゃないか、生きた証なんじゃないかと。

私もこれまで悲しいことをたくさん経験してきたし、いまも経験している。そして世の中の悲しいことを経験している人たちのために何か、たとえ僅かなことでもできないかと思っている。それはどこまでいっても悲しいけれども、そこには救いもある。生きていていいんだというメッセージがあったり、何か大切なものがあったりする。そんないろんなメッセージが笛の音と渾然一体となって押し寄せてくるんです。

私はこのフレーズにものすごくリアリティを感じたものですから、何十回、何百回と反芻《はんすう》して、とうとう覚えてしまったんです。

北方　そういうふうに受け止めていただいたのは初めてです。

私はこれまでにもたくさんの方から感想をいただきました。しかし私は、自分の小説をたくさんの人に向かって書いているのではなく、一人に向かって書いているんです、いつも。その一人というのは、顔も見えないし、姿も見えないし、声も聞こえない。だけど間違いなくいる、たった一人に向かって書いてるんですよ。

それがやがて本になると、その一対一の出会いが何万通りにも広がっていくけれども、書いている時は、いつも一人に向かって書いているんだろうと思います。

福島　おそらく読者一人ひとりが、先生の作品を通して自分自身を見るんですね。先生の作品がある種の鏡、あるいはプリズムの役割を果たしていて、その鏡の映り方やプリズムを通しての屈折の仕方によって、自分という光がさまざまな色合いに変わる。そのいろんな色に変わった自分自身を見ることで、読者はあたかも自分自身と先生の作品が一対一で繋がるような、そういう印象を受けるのかもしれませんね。

北方　それともう一つは、小説の言葉をどんなふうに伝えていくかという問題があります。

例えば赤い色をどうやって小説で表現するか。「美しい赤」と書くこともできるし、「綺麗な赤」と書くこともできるし、「いい赤」と書くこともできるわけです。しかし「いい赤」という表現は主観的で普遍性がないんですね。ところがその普遍性がない、「いい」という言葉を使って、表現そのものに普遍性を持たせられるかどうか。それが小説の言葉だろうと私はいつも思っています。

「俺はこんな男になりたい」という願望が小説になる

福島　赤いものは赤いというだけでは赤くならない、ということなんでしょうね。実際の小説では赤ばかりでなく、さまざまなメッセージを伝えていかなければならない。ひと言ひと言をものすごく苦労して書いておられるのでしょうね。

それなのに、どうしてあれだけたくさん書けるんですか、先生。とても人間わざとは思えないですよ、あの作品の量と質は。

北方　私は決して褒められた人間ではありません。酒は飲むし、酔っ払うしね（笑）。

ですが、小説を書くという点に関してだけは一所懸命なんですよ。小説を書くということで、生きることを許されているという気持ちがある。ですから小説を書かなかったら、いくら命があっても死んでいるのと同じです。たまたま世の中に受け入れてもらえましたけれども、たとえ受け入れられなくても書き続けていたと思うんです。

福島　書くことで生かされている。

北方　それから量という点に関しては、これは小説を頭であまり考えないからだと思いますね。

一人の人間が出てきて、その人間がどう生きるかっていうのが、頭の中でフワッと動いてしまう。もっと極端に言えば、原稿用紙の上で動いてしまう、というようなところがあるんだろうと思うんです。

それは、私がその一人ひとりに、自分はこういう男でありたいなっていう願望を託して書いているからでしょうね。

例えば『水滸伝』なんかにも、格好よく死んでいく男もいれば、格好悪く死んでいく男もいます。それは全部私一人の心の中で、ある時願った生き方なんです。その時々の願望みたいなものをずっと書き続けて、一人の人間の姿になっていくんだろうと思います。

福島　先生の作品からいただいたメッセージの一つに、立ち続けるっていうことがありました。

先生のブラディ・ドール・シリーズの『秋霜《しゅうそう》』に、遠山という画家が出てきますよね。彼は初老の男で、肉体的な力はあまりないけれども、一人の女性を守ろうとして、殴られても殴られてもフラフラになりながらも立ち続ける。

これなんかは、私の心の内の願望を見事に描いていただいたようなシーンで、この男のようにありたいと強く思いましたね。自分の人生においても、とにかく立ち続けたいと。

北方　殴られても、殴られても、また起き上がる。忘れたくないからだ。俺が男であるということを、と。これが願望なんですね。

この遠山は物語の中で崖を登っていきます。崖の上にいる女性にたったひと言伝えるために登っていく。「おまえには、私がいる」とね。

私はそういう体験を実際にしたわけではありません。けれども、もしああいう場面になったら、ああいうふうにやりたいという気持ちがある。そういう気持ちみたいなものが、小説に一番のリアリティを与えてくれると思うんです。

どん底で力になるのは命ギリギリで生きる登場人物

福島　私は障害者のことが綴られた本よりも、むしろ北方先生の描かれるようなハードボイルドの世界に生きる力を得てきました。

私は九歳で目が見えなくなって、さらに十八歳で聞こえなくなって、ヘレン・ケラーさんと同じ状態になりました。テレビに例えたら、見えなくなるというのは、画面を消して音だけ聞いているという感じ。聞こえなくなるというのは、音を消して画面だけ見ている感じですが、私の場合、画面も音も消えてしまった。要するに、心のテレビのスイッチを切ってコンセントを抜いたのと同じ状態になったので、ものすごい孤独のどん底に落ち込んだわけです。

そういう時に何が力になるか。障害者が頑張ったみたいな本はいろいろあって、もちろんそれらも素晴らしいんですが、案外力にならないんです。私にはとてもこんな真似はできんよなぁと、逆に落ち込んだりすることもあるんですね。

北方　なるほど、そういうものなんですか。

福島　その一方で、例えば私が盲ろう者になって間もない頃に読んだ大藪春彦《おおやぶはるひこ》の『蘇る金狼』は、大企業を相手にたった一人で立ち向かっていく男の物語。そういうほうが私は惹かれましたし、エネルギーをもらったんです。

なぜかと考えたら、見えなくて聞こえないという過酷な状況の中でどう生きるかというのは、ある意味戦場にいるようなもので、毎日がその作戦行動をするような感じなんです。辛いけど頑張りましたといった甘いものじゃなくて、もっと命ギリギリのところで生きる登場人物のほうがむしろ親近感が湧くし、エネルギーをもらえるんです。

ですから当時から大藪春彦とか、西村寿行《にしむらじゅこう》、勝目梓《かつめあずさ》、船戸与一《ふなどよいち》、大沢在昌《おおさわありまさ》、馳星周《はせせいしゅう》といった一連のハードボイルド作品にずっと親しんできたんです。

北方　いま挙げていただいた方々とは私も親しくしているんですが、彼らがどんなふうに小説を書いているか少しお話ししましょうか。

例えば船戸与一という作家は、五年前に医者から余命宣告を受けたんです。胸腺《きょうせん》というところのがんが肺に広がって、あと一年だと。それで私にも、「俺は一年経ったら死ぬ。これまでありがとうな」と挨拶に来てくれたんです。

ところが幸いにして一年生き延びた。よかったなと思っていたら二年生き延び、三年生き延びた。いま五年目（二〇一四年十一月現在）です。その間彼は何をやっていたかというと、ずっと『満州国演義』という作品を書き続けていたんです。大柄だった彼の体はどんどん小さくなっていくんですが、それでも書き続けて、とうとうひと月くらい前に書き上げたんです。

そんな彼の姿を見ていると、作家もやっぱり体を削りながら書いていることを改めて実感させられますね。そして小説の神様というのがいて、本気で書こうとした小説は完結させてくれるんだと。そんないろんなことを感じましたね。

福島　北方先生はそういう世界で日々格闘なさっているんですね。

北方　私は日本刀を持っているものですから、執筆の合間に稽古着に着替えて巻き藁《わら》を斬ったりすることもあります。

ある時書斎で小説を書いていたら、いくら考えても言葉が出てこなくなったんです。そこで巻き藁を前にしてじっと刀を構える。巻き藁が自分に見えた瞬間に、スパッと斬った。こんな自分はいらない！　って。それから再び原稿用紙に戻って書こうとすると、また元の自分がいるんですけれどもね（笑）。

青春とは、どれだけ馬鹿に、一途になれるかである

福島　執筆のご苦労や緊迫感が伝わってくるようなお話でしたけれども、北方先生は学生の頃からずっと小説を書いてこられたんですよね。

北方　はい。最初は純文学といって、自分の心をえぐり出すような小説を書いていたんですが、二十歳の時に文芸誌に載りましてね。編集長から「君は大江健三郎以来の学生作家だ。頑張れ」と言われたんです。三作くらい活字になって、自分のことを天才だと思い込んでいました。

ところが四作目ぐらいから一切載せてもらえなくなったんです。書いても書いても突き返される。全部ボツです。五年くらい経つと、天才じゃないかもしれないと思うわけです。だけど俺には才能があるんだと言い聞か

せて書き続ける。さらに五年経つと、もうそのへんの石っころにしか思えなくなってくる。こうなったら、石っころでも磨けば光るんだと世間に知らしめるしかないな、と思いながら懸命に書いていましたね。

福島　北方先生にもそんな時代があったんですね。

北方　実は十八歳の時に肺結核になりましてね。就職はできないだろうから、小説家になるしかないと思ったんです。結核というのは小説の世界ではエリートなんですよ。結核文学というのがあるくらいですからね（笑）。ところが三年半で治ってしまって、文学的なエリートになる道からも落ちこぼれてしまった。

それで肉体労働を始めましてね。月のうち十日間くらい働くと、ひと月分の生活費が稼げるんですよ。ですから十日間肉体労働をして、あとの二十日間は書くっていうことを延々と繰り返してきたんです。

福島　どんなお仕事をなさっていたのですか。

北方　あの当時はまだコンテナ船があまり発達していなかったので、クレーンで船倉《せんそう》に運ばれた積み荷を、指示されたところに担いでいく仕事とかね。あとはごみ屋さん。ごみ収集車って、昔は荷台の縁の高いトラックでしてね。ごみの収集場所を回ってポリバケツの中身をその荷台に積み込んで、夢の島に捨ててくるんです。そういう汚れ仕事は日給がよかったんです。

福島　お話を伺っていて、先生のいろんな作品で肉体労働をしている登場人物が頭に浮かんできました。彼らは先生のそういうご体験から生み出されるんでしょうね。

北方　体験というのは、たぶん小説を書く時の十パーセントぐらいの核にはなっていると思います。あとはその体験に、いろんな願望や想像力が加わって小説になっていくんだろうと思いますね。

ですから私の二十代の十年間というのは、そういう肉体労働をしながらひたすら小説を書き続けたわけですが、その間のボツ原稿がどのくらいあるかというと、四百字詰めの原稿用紙を積み上げて、背丈を越えます。

福島　はぁ、ものすごい枚数だ！

そういう不遇の時代があったから、その後の創作のエネルギーに繋がっていったんでしょうね。

北方　あの十年間はいったい何だったのかとよく考えるんです。そしてあれは青春だったと思います。

青春というのは意味のあることを成し遂げることじゃないんです。どれだけ馬鹿になれたか。どれだけ純粋で一途になれたか。それがあの背丈を越えるボツ原稿だとしたら、捨てたもんじゃないと思いますね。

青春時代にすべてを完成させようと思っていると、チマチマと小さくまとまった生き方になってしまうだろうと思うんです。けれども私は十年間馬鹿になって突っ走った。転がっては突っ走り、転がっては突っ走り、それの集積が背丈を越えるボツ原稿の山。これはなかなかのものだと思うんですよ。やってる最中はとんでもなかったですけど（笑）。

めった打ちにされる俺に親父が言った「男は十年だ」

福島　途中で書くのをやめようとは思われなかったのですか。

北方　それが不思議と思わなかったんです。きっと私は小説の神様から、小説を書けと言われてこの世に生を受けたんだと信じるしかないんですね。

周りからは何度もやめろと言われましたよ。同窓会に行くと、仲間はみんな一流会社で活躍している。「北方、何やってるんだ？」と聞かれて

「小説を書いている」って言ったら、肩をポンと叩かれて「おまえは偉いな」と。その偉いなって言葉の中に、多少の侮蔑《ぶべつ》と哀れみが入っているんです（笑）。

父親には「小説家は人間のクズだ！」と言われていました。自分の倅《せがれ》がそんなものを目指しているなんて思いたくないとずっと言っていました。その親父が、私がみんなからやめろ、やめろとめった打ちにされている頃、ひと言だけ言ってくれたことがあるんです。「男は十年だ」と。

福島　あぁ、男は十年だと。

北方　十年同じ場所で頑張っていると、見えるものは見えてくるし、できることはできるようになると。その時は、何言ってやがるんだと思いましたけど（笑）。

その親父が六十歳の時に心臓発作でパタッと倒れて、そのまま亡くなったんです。その頃には週刊誌の連載を何本も抱えるようになっていたので、親父が横たわっている側で線香を絶やさないようにしながら、締め切り間近の原稿を書き続けました。

その時に初めて思いましたね。確かに男は十年。親父の言ったとおりだったなと。残念ながらそれを伝えようと思っても、親父はもう目を開いてくれませんでしたが。

僕は豚やない。生きがいが欲しいんや！

福島　私の父親も比較的若く、五十五で亡くなりました。

その父親に、私が高校三年の時に「大学に進学したい」と言ったら、

「もうおまえはこれまで、（目と耳の病気で）十分苦労してきたんやから、これからは好きなことをやってのんびり暮らせばええやないか」と反対されたんです。それで、「僕は豚やないんや。ゴロゴロしてるだけでは嫌や。僕かて生きがいが欲しいんや」と言い合ったんです。母親に指点字で通訳してもらいながら。

しばらくすると私の手に冷えたビールの大ビンをあてがわれて、まぁ飲めと。「おまえがそこまで言うならやってみい。やるならとことんやれ、応援したる」と言われて、大学に行ったんです。ただ、あまり豚のことを悪く言ったせいか、その後だんだん腹が出てきて、自分が豚になっていますが（笑）。

北方 どうして大学に行こうと思われたんですか。

福島 もともと目が見えないだけの、つまり普通の全盲の状態だった時から、大学には行こうと思っていました。あんまり深い意味はなく、兄が二人いて、兄たちには障害はないのですが、それぞれ大学に進んでいたので、まあぼくも行くかなと思って、少しは勉強もしていました。

ですが、耳まで聞こえなくなったのでいったんは諦めかけていたんですよね。そういう時に、盲学校の高校三年の担任の先生から、まだ誕生間もない指点字で直接言われたんです。「君は大学進学が希望なんだろう。盲ろう者で大学に進学した人は日本ではこれまでいないそうだけど、前例がないのなら君が前例になればいいじゃないか。君がやるというのなら、僕たちは応援するよ」と言ってくださったんです。

それでも私は最初は、仮に大学に行ったとしてもその後どうなるんでしょうか、などといろいろ不安でしたけれど、その先生に、「先のことをあれこれ考えたって仕方ないよ。やりながら考えていけばいい。うまくいかなかったら、またその時考えなおせばいいさ」と言われて、すっと気が楽になったんですよね。それなら、やるだけやってみるかと。

北方　なるほど、担任の先生の言葉に導かれて。

福島　それともう一つ。私のように光と音がない盲ろう者の状態っていうのは、ものすごく魂を蝕《むしば》む状態なんです。ですから人と関わり合うことは、食べ物や水や空気と同じくらい重要だということを痛感しました。

幸い私の場合、おふくろが指点字という新しいコミュニケーション方法を思いついて、それが私にとっては便利だということが分かった。そして、周りには心ある人がいて、私に指点字で語りかけてくれた。そのおかげで大学に行って、障害のない普通の学生たちと触れ合って学生生活をしたいと思えるようにもなったんです。まぁ、ガールフレンドをたくさんつくりたいというような思いも、密《ひそ》かにあったかもしれませんが（笑）。

私と同じように目と耳に障害を併せ持つ盲ろう者としては、ヘレン・ケラーさんが世界的に有名ですが、他の人についてはほとんど知られていない。その十八歳で盲ろう者になった時点では、日本に私以外に盲ろう者がいるのかどうか、いるとしてどこに誰がいるのかなど、私はまったく知らなかったんです。

だけど、知らないだけで絶対いるに違いないと思いました。なにしろ、目だけの障害者や耳だけの障害者はたくさんいるわけだから、その両方が重なっている人もいるに違いないと思ったんです。そして、そういう人たちはおそらく、社会から黙殺されて家に閉じこもっているはずだと思いました。

それに対して、私は周りの人たちに恵まれて大学にも進学できるかもしれない。それは、社会から黙殺されている盲ろう者のために活動するのが自分の運命、あるいは使命であることを示唆しているのではないか。だったら大学で学ぶ経験はきっと役立つだろう、と漠然と思ったんです。盲ろう者で就ける仕事なんてなかなかないんですが、幸い母校の東京都立大学（現・首都大学東京）で助手の仕事に就くことができました。その後金沢大学に助教授で着任し、いまは東大で仕事をしているんですが、とにかく不思議なご縁に恵まれてここまでやってこられました。

ですから、最初から生きる目的とか、そんな大それたものはなかったんですが、ただ私の中には怒りがありましたね。

北方　あぁ、怒りが。

福島　社会への怒りです。

例えば、私が大学に入った時には、マスコミから日本のヘレン・ケラーなどと言われて随分持ち上げられました。ところがその一方で、障害のある人は困るみたいなことを言われて下宿先がなかなか見つからない。やはりこれが社会の本音だなと。その怒りが一つのエネルギーになったわけです。

いま日本には、私と同じ盲ろう者が二万人くらいいましてね。人知れず社会の片隅でひっそりと暮らしている。その人たちに光を当てるとすれば、どうも立場上、行きがかり上、自分が中心にならないといけないらしい。イメージとしては少数民族への迫害に対する抵抗運動をリードするような感じで、活動を始めたんです。

北方　そうだったのですか。

福島　一つ大きな転機になったのは、大学二年の頃に小さな男の子に出会ったことでした。

小学一年生の子で、私と同じように見えなくて、聞こえないんですが、私よりもっと幼い頃に障害を負ってしまったために、なかなか言葉が身につかなかったんです。彼と出会った時に、僕も君と同じように見えなくて、聞こえないんだよと伝えたいと思って、そういう子供たちに言葉の力を身につけてもらうことが私の一つのミッションだと思ったんです。

最初はなかなか話もできなくて、夢にまで見ました。彼と話ができるようになりたいなと。三年くらいかかってようやく指でコミュニケーションができるようになりましてね。

そして彼が小学六年生になった時、点字のタイプライターで、

「僕は福島さんが好きです」

と書いてくれたんです。私の人生の中で一番嬉しい言葉でした。

彼とはいまも付き合いが続いていますが、彼との邂逅が一つのきっかけになって、その後さまざまな人との実に不思議な出会いの連鎖が生じて、

日本の盲ろうの人にもっと光を当てようという運動がどんどん広がっていったんです。

そういうこれまでの歩みを、私は戦いのようだったと思っているんですが、そういう私に亡くなった親父からもらった暗黙のメッセージがありましてね。それが筋を通すことなんです。

北方　なるほど、筋を通す。

福島　なぜか分からないけど、こういう仕事をする立場に立った。この与えられた役割をやり遂げるまでは死ねないという気持ちがあります。

生きることは書くこと、書くことは生きること

北方　福島先生のお話を伺っていて、恥ずかしいですよ、自分が。肺結核にな

ったり、ボツ原稿が積み上がっていく時代もありましたが、先生の話に比べたらそんなのどうってことないんだな。せめて私が先生に自慢できるのは、生きることは書くこと。そう思い定めて仕事をしていることでしょうね。

私は最初から小説家になろうとか、こういう小説を書こうとかいう志を持っていたわけではありません。要するに生き方なんだろうと思います、志というのはね。生き方がきちんとしていれば、志を持っているということなんだろうと思うんですよ。

そしていまの私は、生きることは書くことで、書くことが生きることだと思っている。そう思い定めることができるようになったら、わざわざ志を持つ必要もないと思っています。

福島　いつ頃からそう思われるようになったのですか。

北方　それはある日突然思ったわけじゃありません。書き続けているうちにだんだん、書くことって何なんだ、俺は何のために生きているんだと考えざるを得なくなってくる。突き詰めていくと、やっぱり書くために生きているんだろう。生きていることは書くことになってきたんですよ。
　私が誇れることといえば、それだけですね。そんなに苦労したわけでもないし、先生の話を聞いていると、私の苦労なんて鼻くそみたいなもんですよ（笑）。

福島　いや、やっぱり生みの苦しみというのは、筆舌に尽くしがたいものだと思うんですよね。

北方　それは確かに苦労しています。苦労していますけど当たり前です。それが私にとって生きることなんですから。もう言葉が出てこなくて、のたうち回って、転げ回って、二時間でも三時間でも白い原稿用紙の上でじっと万年筆を握っているなんてことはしょっちゅうありますよ。けれどもそれは当たり前なんです。ものをつくっているんだから。それが苦労だとは思っていないし、そこで何か突き抜けなければ新しいところにはいけないんだろうと思っています。

十年くらい前の直木賞選考会の時に、控え室に入ったら、五木寛之先生が一人、先にいらっしゃっていましてね。すぐにお茶を入れて「先生、どうぞ」ってお出ししたら、おっしゃったんですよ。「北方君、君もそこそこ大家なんだから、そんなことしなくていいんだよ」って。それ以来私はずっと「そこそこ大家」で通してるんです（笑）。

つまり、自分のことを大家だと思ったりしたら終わりです。新しいものをつくり出せなくなる。

我われの世界では、何十年経歴を積んでも、二十歳そこそこの女の子が話題作を書けば隅に追いやられてしまう。経歴とか何とかよりも、いま書いている作品を絶えず問題にされる世界だから、自分が大家だなんて思ったらそこで終わってしまう。逆に、だからこそ書き続けるんだとも言えます。

人は自らの生き方を獲得しなければならない

福島　私には先生のようにひと言で言えるものはないな。ただ、私は先生とは別の意味で、言葉を通じて生きているということは言えますね。

私は、例えば女性と付き合うにも相手の顔も見えないし、声も聞こえない。じゃあ性格かっていうことになりますが、それも結局言葉で判断するしかないんですよね。

その言葉も、ひと言だけではダメで、例えば愛していると言ったところで本心かどうかは分かりません。さまざまな場面でさまざまなやりとりをして、具体的にどう動くかということ。行動と結びついた言葉が、私にとってはすべてなんです。

そして自分自身にどこまでそれができているかということ。言葉は純粋に言葉だけで存在することはあり得なくて、現実の行動とか、具体的な生きざまと繋がって初めて言葉の意味があるんだろうと思います。行動や生き方が背景にある言葉には説得力がある。先生の作品の登場人物にも、私はそういう説得力を感じますね。

北方　ずっとお話を伺っていると、福島先生の言葉は鼓動ですね。もう心臓の鼓動にしか思えない。それが福島先生の言葉なんだろうと思います。

福島　鼓動かぁ。……そんなふうに言われたことは初めてです。鼓動というのはつまり、心臓の拍動ですね。ドクドクと脈を打つ。その私が生きている心臓のリズムが、私の言葉ということでしょうか。
確かに考えてみると、鼓動が止まると死んでしまうから、私の場合、命とともに言葉があるのかもしれません。
例えば、私は指点字の通訳の方に手に触れてもらって言葉を伝えてもらっていますが、手を離した瞬間に世界と断絶するんです。だから空気や水や食べ物と同じように、言葉が自分を生かしてくれている。そういう私に、北方先生の作品がものすごく力を与えてくださったんです。

北方　先生の作品には、イキイキと活躍していた登場人物が命を落とすような、辛く、切ない場面も多いけれども、どこかその辛さ、切なさが透明になっていって美しい余韻が残る。それが私にとってのカタルシスになるんです。

私は『水滸伝』を書いてる時に、登場人物の一人を殺したんです。鄭天《ていてん》寿《じゅ》っていうんですけど、それがドジな死に方でしてね。戦が終わった後に崖の途中に解熱の蔓草《つるくさ》を見つけて、熱を出していた隊長の子、楊令のためにそれを取ろうとして崖から落ちたんです。その落ちている時に浮かんだ楊令の顔が、昔病気で亡くした弟の顔と重なって、「いま、持って帰ってやる。兄ちゃん、やるだろう」って言いながら死んでしまう。

しかし次の回で登場させた秦明《しんめい》という将軍に「持っていてやれ、この蔓草を。そして、鄭天寿という男がいたことを、憶えていてやれ」と楊令に向かって言わせた。その瞬間に鄭天寿の死というのは意味を持ってくるんですよ。

福島　亡くなった人が死を超えて生きている。亡くなったからこそむしろ生きていて、そして亡くなった人との約束は破れないという感覚ですよね。

北方　人は死んでいくけれども、残された人が憶えている限りその人は死なないと思うしかない。だから惜しむんじゃなくて、忘れないっていうことが大事だと思いますね。

そして私たち生きている人間は、せめて自分の生き方をきちんと獲得しなければならない。でなければ運命なんかひらけないでしょう。

私がなぜきょうまで小説家として生き残ることができたのかは分かりません。ただ一所懸命に書いてきた。そしてこれからもきちんとした小説を書いていきたい。それ以外に自分の運命や、未来をひらく道はないと思います。

福島　私にとってはもう、生きていることそのものが未来をひらいていることと言えます。毎日毎日、一瞬一瞬、未来を切りひらきながら生きている。先ほど北方先生に、私の言葉は鼓動だと言っていただきましたが、これからもその鼓動をしっかりと感じながら生きていきたいと思います。

第二章 逆境が自分を育てる

初めての対談から三か月後、二人は再び出逢い、語り合うこととなった。若き日の挫折体験、大切な友との別れ……。さまざまな逆境を経験しつつ、男として貫いてきた流儀とは何だったのか？

十六年がかりで書き上げた「大水滸伝」シリーズ

北方　あぁ、福島先生！

福島　どうも、こんにちは。

北方　またお目にかかれて嬉しいですよ。

（二人でしっかり握手をする）

福島　相変わらず北方先生の握手は力強いですねぇ（笑）。

北方　はははは（笑）。ちょっと私の上着を触ってみてください、先生。きょう私はね、黒いジャケットを着ています。

福島　だいぶ厚手のものですね。

北方　ええ。それからストライプ柄のネクタイも締めています。だけどはいているのは、ダメージ・ジーンズなんです（笑）。

福島　へぇ、上と下で落差をつけられて。あっ、ほんとうだ（ジーンズを触って）、このジーンズ破れていますね。あー、北方先生は、こういうファッションがお好きなんですね。

北方　いや、違います。私はきょう、福島先生ときちんとした話もしたい。けれども、砕けた話もしたいんです（笑）。

福島　なるほど、その思いをファッションで表現してくださったんですね。嬉しいなぁ。私は、全部砕けた話でも構わないんですけどね（笑）。

北方　いや、私もそれでいいんですけど、それじゃ編集者の方が困るみたいだから（笑）。

福島　それにしても、相変わらずたくさん書いていらっしゃるようですね。いくつもの作品を同時に連載されるのは、大変なことだと思います。もちろん締め切りも余裕でちゃんと守られているわけでしょう。

北方 いいえ、ギリギリです。本当にギリギリです（笑）。まず新聞の連載は、毎日締め切りが来るわけです。それは一週間分ずつ渡しています。

福島 『魂の沃野《よくや》』ですね。『讀賣新聞』に連載なさっている。

北方 そうです、そうです。よく読んでくださってるなぁ。

福島 何日か遅れではあるんですが、点字の雑誌に転載されるのをいつも拝見しています。

北方 それから、週刊誌の締め切りもあります。これも一週間分ずつ渡しています。あと月刊誌の締め切りがあって、それはひと月ごとに渡しています。これは一回二百枚ですから、結構な分量になります。

福島 『岳飛伝《がくひでん》』ですね。点字本は十二巻までは出ているんですが、あれは最後まで出来上がらないとなかなか手を出せないんです。連載中に読み始めると、次が気になって夜も眠れなくなりますから（笑）。

北方　連載は今年（二〇一五年）いっぱいで終わって、二〇一六年の春には本になる予定です。『水滸伝』から始まった「大水滸伝」シリーズも、これで完結です。

福島　確か『水滸伝』が十九巻、続編の『楊令伝』が十五巻でしたよね。

北方　最後の『岳飛伝』が十七巻ですから総数が五十一巻になります。書き始めたのが一九九九年だから、もう十六年ですよ。長かったなぁ。もちろん、私の作家生活はまだまだ続きますけどね。

最初の一行が出てくるまで苦しみ続ける

北方　実は、前回福島先生にお目にかかってから、ずっと考えていたことがあるんです。それは何かと申しますとね。先生の状態というのはどういう感じなんだろうと。音が聞こえないし、ものが見えないし、指点字通訳の方がいらっしゃらなければ、何もないわけですよね。

福島　ええ。

北方　それはいったい、どういう状態なのか、私はずっと想像してたんです。そうしたら、私にも似たような状態があることが分かりました。あくまで瞬間的にですけれどもね。

何かっていうとね。私は原稿用紙に小説を書いていますが、最初の一行を書く時に、ずーっと自分の周りから何もなくなるんです。何かこう、本当に小説を導き出すものが浮かぶまでは、感性的に自分の内と外がまったくつながらないような感じになってるんですよ。

最初の一行をすっと書き出すと、何か分かってくるんですけどね。たとえば、「空気には、流れる道というやつがある」と。その一行が書けたら小説が書き始められるんです。これは『火焔樹』ですが。

だけど、これを引っ張り出すまでは真っ白。もうね、二日も三日も真っ白な時があります。それがもしかすると、福島先生の状態に似ているのではないかと思ったんです。

福島　それは、外部のいろんなものが本当は聞こえて、見えているんだろうけど、感覚的、認知的にシャットアウトされているということですね。

北方　そうです。もちろんいろんなものが見えるし、聞こえているけれども、原稿用紙の上には何もそこから波及してこないんです。じーっと白い原稿用紙を見ているだけです。

福島　『水滸伝』の最初の出だしは、

「頭ひとつ、出ていた。

人の波の中である」

でしたね。王進《おうしん》と魯智深《ろちしん》が出会う場面。あの一文でスッと『水滸伝』の世界に入っていけました。

私はそれまでずっと先生のハードボイルド作品とか日本の時代小説を愛読していたので、中国を舞台にした『水滸伝』はどうかなぁ、と期待と不安が入り交じったような思いを抱いていたんですが、あの出だしを読んで止まらなくなりましたね。

北方　そういう一文が出てくれれば、小説が書けてくるんです。

新しい作品を書く時は、何を書くというのは頭の中で大体決まっているわけです。ところが最初の一文が出てこない限りは、言葉が次に続いてこないんですよ。どうやって出てくるのかは分からない。それまでは何にもなくて、ずーっと締め切りに苦しめられていなきゃいけないんです。その何もない状態が、先生の状態に近いんじゃないかなと思ったんです。

イメージはどこから生まれてくるのか

福島　なるほど。それは何か、天から言葉が降ってくる感じですよね。私の場合はもっと単純なというか、素朴な状態だと思いますけれども。

北方　福島先生にもいろんなものが降ってきているだろうと思うんですよ。私の場合は言葉ですけど、福島先生にはイメージっていうものが。通訳の方がいらっしゃらなくて、じっとなさっている時でも、頭の中は決して無ではなくて、イメージみたいなのがあるのではないでしょうか。

福島　確かにそうですね。かつて読んだもののこととか、いろんなイメージがあります。言葉のイメージの場合もあります。

北方　福島先生には思考の材料になる過去の記憶があるわけですよね。かつてご覧になったり、聞いたりなさったものが思考材料になって、イメージというのがフワッと浮かぶことがしばしばあるのですね。

福島　ええ、九歳まで見えていて、十八歳まで聞こえていましたから。その後は読んだり、指点字で人とコミュニケーションした内容がもとになります。ヘレン・ケラーさんも私と一緒で、生まれつきの盲ろうではないんですね。彼女も一歳七か月までは見えて聞こえていたから、赤ちゃんの時の記憶は残っていて、それが思考の材料になっているんです。

北方　しかし、生まれながらにして目も見えない、耳も聞こえないという方々には、イメージっていうのはあるんでしょうか。

福島　あると思います。だけどそういう人は、イメージを触覚をもとにつくっていくから、制約がかなり大きいんですけれども。

北方　言葉がイメージに繋がるということは、あまりないんでしょうね。

福島　映像的なイメージには繋がりにくいということですね。だから触覚的なイメージになるんです。

東京の盲学校の高等部にいた時に、生まれつき全盲の友達に尋ねたことがあります。学校は池袋にあったから「向こうにサンシャイン60が見えるとか、そういうイメージって君にはあるかな？」って聞いたら、遠くから見るっていうイメージはないって言うんです。ビルのイメージも、壁を触った時のコンクリートの感触のようなものなんだと。同じように犬も、触った時の毛皮の感じなんだそうです。「じゃあ星はどうだ？」って聞くと、それは触れないから、本当に言葉の上だけのことになってしまうんです。

北方　そういう方たちの想像力ってどうなっているんでしょうかね。想像するための基礎は何かあるんでしょうか。

福島　全盲の人だったら音が聞こえますから、聴覚と触覚ですね。生まれつきの盲ろうの人だったら、イメージの基礎となると、やはり触覚ということになるでしょうね。嗅覚とか味覚もありますが。

感覚が基礎になるというのは、障害のない健常な人も同じですよね。言葉にしても何にしても、最初は体験的な、感覚的な刺激がまずあって、それを組み立てていくわけですから。

それから、さっきの生まれつきの全盲の人にとっての星のイメージについてですが、見えている人でも、見えないものを想像するということはありますよね。例えば、原子というものは特殊な方法を使わないかぎり、普通は見えませんね。だけど、原子があるらしいということは皆知っている。

原子核の周りを電子が回って原子をつくり、それがいくつかくっついて分子になる。そして、分子がたくさん集まっていま目の前にあるいろんなものになるっていうことは、概念的には分かる。実際には肉眼では見えないけど信じている。それと似たような感じだと思うんです。だから、直接的には分からないけれども、間接的に感じ取るという世界があるのだろうと思うんですよね。

ただ、障害のあるなしに関係なく、誰にとっても難しいのは、目に見えない感情とか、志とか、愛情とかいうものですよね。そういうものをどうやって人と人との間に共有できるかというのは、やはりすごく難しいことですよね。

「あいつは死んでいない。俺たちが忘れないからだ」

北方　実はね、私が自分の体験を語ったとしても、福島先生がどれくらいイメージを結べるかっていうのがすごく不安だったんですよ。もし私がここで旅の話をしたとして、先生の中でちゃんとイメージは湧いてくるんでしょうか。

福島　湧いてくると思います。見えていた頃、聞こえていた頃、それから読書を通しての体験と、人と話をしたこと。そういうものの蓄積で、いろいろイメージはありますので。研究者としての仕事に関する勉強はそんなにしていませんけれども、雑学的な知識はわりと豊富なんです（笑）。

北方　でしたら、私が経験した一番過酷な旅のお話をしてみましょうか。以前、パリから二か月半かけてユーラシア大陸を横断して、北京まで行ったことがあるんです。

福島　大陸横断ラリーってやつですか。

北方　そうです、そうです。本番のラリーは二週間で走るんですが、私はそのために道じゃない所を走ってルート探索をしたんです。経緯は省きますが、フランス人の中に私一人、日本人が加わりましてね。ランドローバーっていう車十台でいろんな所を通ってみて、ここは通れる、ここは通れないって確認しながら経路をつくっていったんです。

福島　コミュニケーションはどうなさっていたんですか。

北方　フランス語はそんなに喋れないから、英語とか日本語とか全部ごっちゃ混ぜにして、身振りも交えて話したら何とか通じました（笑）。

最初はロシアやウクライナの草原地帯で、比較的順調に走っていました。

そこから天山山脈を登ってキルギスと中国の国境の辺りにさしかかると、標高四千メートルくらいあるので、私以外はだいたい皆、高山病になりました。さらに、いまは入れないと思いますけれども、新疆《しんきょう》ウイグル自治区のタクラマカン砂漠にザーッと入っていくと、昼間の気温は四十℃から五十℃。でも標高二千メートル以上あるので、夜は零下二十℃まで下がる。下手すると一日の気温差が七十℃くらいあるわけですよ。

福島　はぁ、七十℃!

そういうご体験が、作品にもいろいろ反映されていますね。確か『史記武帝記』で張騫《ちょうけん》が西のほうに行った時に、昼夜の気温差が激しい、過酷な状況の中で随分苦労するシーンがありましたけれども、描写にすごくリアリティがありました。

北方　彼はまさしく敦煌《とんこう》あたりからタクラマカン砂漠を横断して、ずーっと西へ向かったわけですよ。現実に自分が通った地域ですから、これは書けるという感触はありましたね。

その後も、河を渡る時に車が泥の中に屋根まで埋まってしまって、全員泥だらけになりながら二十四時間がかりで引き上げたり、崖っぷちを走っている時に一台が落ちて、二人亡くなってしまったり、いろんなことがありました。私自身も車が五回転する大事故に遭ったんです。

福島　五回転！　よくご無事でしたね。

北方　競技車両ですから、ロールバーっていう鉄のパイプが天井に這わせてあるんですが、それがグニャッと曲がったけれども、中にいる私は潰されないですんだんです。

別の車を運転してるやつが飛んできて、「生きてるのかっ！」って聞くから「生きてる！　生きてる！」と答えた。「じゃあ、外へ出て立ってみろ」と言うんだけど体が動かない。「何でだ？」って言い合ってるところへ他のやつがやってきて「ケンさぁ、シートベルトをしたままじゃないか」と（笑）。

福島　はははっ（笑）。きっと気が動転していて気づかなかったんでしょうね。

北方　引き続きその車に乗っていくことになったんですが、フロントガラスが吹っ飛んでしまったので、砂漠の中を走るのは大変でしてね。敦煌で軍から待機命令が出た時に、八号車にいた身長二メートルぐらいの大男が町へ行ってガラスを買ってきて、万一割れても危険がないように細く割いたガムテープを入念に貼って、三時間以上かけて私の車に設置してくれたんです。

それがジャンマリーっていう男で、その時から随分親しくなりましてね。無事北京について空港で別れる時に、いつも自分の洋服にお守りのように付けていたバッジを私にくれたんです。「いいのか、もらって？」と言ったら「いいんだよ。お前は二か月半も生死をともにしてきた生涯の友達だ」って言ってくれたんです。ところがそのジャンマリーが、その年のパリ・ダカールラリーで事故を起こして亡くなったんです。

パリの仲間から訃報が届いた時は考えましたよ。あいつは何で大切なバッジを俺にくれたんだろう。俺にくれたから死んでしまったんじゃないかって。

福島　それはいろいろ考えますよね。その後、その時の他の仲間との交流はあったのですか。

北方　数か月後にパリへ行って、試走隊のメンバー全員と会いました。ところが彼等はジャンマリーの話なんか何もしないで、食い物とか女の話ばかりしていたから、私は「お前ら、馬鹿か！」って怒ったんですよ。そうしたら隊長が「ジャンマリーは死んでいない。俺たちが忘れないからだ」って言ったんです。なるほど、それがフランス人の死生観というものかって私は納得したんです。

福島　生き残った者が覚えている限り、亡くなった者は生き続けるんだっていう考え方は、先生の作品の中でもよく出てきますね。

北方　あの体験があったから、『水滸伝』のように登場人物が次々と死んでいく小説が書けたんです。死ぬというのは見えるところからいなくなってしまうだけで、心の中からはいなくならないんだ。そう思わないと、人が死ぬ場面なんて書けないですよ。

自分を表現したかった。「俺はここにいるぞ」と言いたかった

福島　北方先生はそもそもどうして作家になろうと思われたんですか。

北方　作家になろうと思ったのは十八歳の時です。それまでは授業中にエロ小説を書いたりしていたんですよ（笑）。

福島　はははっ、授業中に（笑）。

北方　男子校だったものですから、それを前のヤツに読ませて面白がっていたわけです（笑）。

ところが前回もお話ししたように、十八歳になって大学を受験する時に、肺結核にかかっていることが分かったんです。入学願書にレントゲン写真を添付しなければいけなかったんですが、その写真の右の鎖骨の下の所に、いまでも忘れもしないけど、赤鉛筆でバッと丸が書いてありましてね。見たら白くなっていて、自分でも変だって分かるわけ。それで就学不可、大学は受けちゃいかんってことになったんです。

受けて落っこちたならまだしも、受けちゃいけないっていうわけだからガックリきましたよ。それまで親の言うことをいっぱい聞いてきたし、所属していた柔道部でも先輩や師範の言うことをちゃんと聞いてきた。悪いことといっても、友達と隠れて煙草を吸っていたくらいなのに、何で俺が大学を受けられないんだ。そんなやり切れない思いがありましたね。

それでも隠れて吸っていた煙草はやめないで（笑）、一年間ストレプトマイシンっていう薬を打ちながら、外をほっつき歩いて酒を飲んだり、喧嘩をしたりしていました。

肺の穴は一年経ってもまだあって、また一年フラフラするのはいやだなと思いましてね。自分で新しい入学願書を取り寄せて、健康状態の所に「異常なし」って書いて、母校の保健室に行って判子をペタッて押して送ったんです。そしたらちゃんと願書を受け付けてくれて、中央大学の法学部に入ることができたんですよ。私立の大学はレントゲン写真を添付しなくてもよかったので助かりました。

福島　保健室で判子を押したっていうのは、保健室の先生に頼んだのですか。

北方　いや、頼んでいません。どこに判子があるか知っていましたから、勝手に保健室に入ってペタッと（笑）。

福島　書類を偽造したわけだ（笑）。腹が据わってたんだなぁ。というか、自分の人生を自分でつくったみたいな感じですよね。

北方　それはどうでしょうね。先の見えない状態がずっと続いて、半分どうでもいいやって気持ちもありました。見つかったら見つかったで構わないと。で、大学に入ったら最初にオリエンテーションがあるじゃないですか。その時に「体に異常がある人は申告しなさい」って言われましてね。もう入学金も払っているし、ここまできたら追い出されることはないだろうと思って「咳をしたら血が出ます」て言ったんです。そうしたら、すぐに学校の診療所でレントゲン写真を撮られて、「君は結核ですよ！」と。そんなの分かってるわいと思ったけど（笑）、体の悪い人だけが集まっている「保健クラス二組」っていうクラスに入れられたんです。要するに、他の健康な学生はやがて司法試験を受けるだの、就職するだのと言ってるんですが、私はたぶんそれができないという状況なんです。その頃からですよ、文章を書き始めたのは。

福島　あぁ、その頃から文章を。

北方　病気にかかっているから、他の人よりずっと死に近いでしょう。それで、死とは何か、俺って何なんだ、ということをずーっと考えながら、ノートにズラズラと書いていったんです。私はこう思う、私はこう思うってずーっと書いていくんですが、そうすると内容がどんどん観念的になっていく。

こんなの嘘だよなぁと思って、ある日その「私」を「彼」にしてみたんです。三人称に変えて「彼はこう思った」と。そうしたら、どんな嘘でも大丈夫なわけです。私が思っていることではなくて、彼が思っているわけですからね。そうやって書けてしまったものが小説だったわけです。

福島　なるほどぉ。でも、そういうふうに書こうと思われたのはなぜですか。エロ小説というのは分からないこともないけど（笑）、死についてとか、そういうのは。

北方　それはやっぱり、何か自己表現したかったんだろうと思いますね。自分を表現したかった。「俺はここにいるぞ」と言いたかった。その手段がもしかすると、絵だったかもしれないし、音楽だったかもしれない。でも私の場合はたまたま文章だったんですよ。それまでに読書歴が相当あったからだろうと思います。

盲ろうの二重障害で日本初の大学受験に挑戦

福島　北方先生が大学を受験できなかった時の気持ちは、私にもよく分かります。私はある大学附属の盲学校にいたので、そこの大学に進学できたらいいかなと思っていたら、断られたんですよ。私のように見えなくて聞こえないっていう条件で大学に入った人は日本にはいないから、受け入れられないって。門前払いですよね。

複雑な気持ちでしたよ。北方先生とは事情が違うけれども、試験さえ受けられないっていうのには、何かすごくやり場のない怒りみたいなものがありましたね。

北方　うーん。

福島　しかたなく一年浪人せざるを得なくなったんですが、その間に私がメディアに取り上げられるようになったからか、その大学は態度を変えて、受けてもいいよと言い出したんです。意地でも行くかと思いましたけどね（笑）。

それで、全盲の先輩が入っていた東京都立大学（現・首都大学東京）だったら受け入れてくれるだろうということで、進路指導の先生方に交渉していただいて、受験できることになったんです。

北方　受験勉強は、点字のテキストでなさったのですか。

福島　そうですね。英単語の『出る単』なんか一所懸命覚えましたよ。数学はなかなか時間が足りなくて苦労しましたけど。国公立大は二次試験の前に、まず共通一次があって、五教科七科目の時代でしたし。結果は、英、数、理がかなり良くて、社会がまあまあで、本来私がもっとも得意なはずの国語の点数が一番悪かったです。国語の受験問題って、へたに問題文を深く考えたり感動したりしてたらだめなんですよね（笑）。

北方　数式なんかも点字になっているんですか？

福島　はい。点字はいわばデジタルな記号だから、そういうのは逆に便利で、理科記号や化学式なんかも全部点字になっています。だから盲人の数学者もいますし、ＪＡＸＡ（宇宙航空研究開発機構）で研究者をしている全盲の後輩なんかもいるんですよ。

私の浪人時代は、多くのボランティアの方たちに助けていただきました。受験参考書や問題集の点訳とか。それから指点字通訳のボランティアが予備校での通訳もしてくださいました。ただし、予備校に行くよりは自分で勉強したほうが効率がいいと考えて、模擬試験だけは受けて、予備校通いは途中でやめましたが。

そうすると、一人で大変だろうからって、指点字のボランティアが次々と下宿に来て励ましてくれたり、気晴らしの相手をしてくれたりもするんです。なにしろ見えなくて聞こえないので、気晴らしの手段もないですし。確かに勉強ばかりしていても気が滅入るから、それはもちろん嬉しいんです。けれども話ばかりしていると勉強できないし、話をするのは楽しいという面もあるし……、すごく複雑な状況でした。

北方　あぁ、そんな問題も出てくるのか。

福島　その上、ボランティアの方は男性もいましたが、やっぱり女性のほうが多くて、そうすると私が言うのもおこがましいんですが、女性同士の微妙な心理戦みたいなものがあったりするんです。そうなってくるといろいろややこしいですよね。

北方　先生、結構モテるじゃないですか（笑）。それで、試験はどんなふうに行われるんですか。

福島　問題は一般の学生と内容は同じなんですが、全部点字にしてあるんです。点字は読むのに時間がかかるから、試験時間は一・五倍に延長されるのですけれども。

それで、共通一次の時は待合室で、お袋と担任の先生が待っていてくれたのですが、二人がそこで深刻に議論していたのは私の受験のことではなく、私の女性問題だったらしいんです（笑）。

北方　くくくくっ（笑）。

福島　浪人生活がいまお話ししたような状況でしたから、女性のことなんかで悩むこともあって、正直、勉強どころじゃなかったという側面もあったんですよ。その一方でマスコミでは「盲ろうの二重障害に見舞われながらも、日本で初めて大学受験に挑戦して素晴らしい」みたいな感じで取り上げられていましてね。内心、俺はそんな立派な人間じゃない。ずるい男や、みたいな気持ちがあって、しんどかったですね。まぁ自業自得なんですが（笑）。でも、おかげで大学に入って、障害のない普通の学生たちと一緒に勉強したり、飲んで騒いだりということができたわけです。

障害者の学級で痛感した人間の真実

北方　私は先ほど申し上げたように、大学で「保健クラス二組」っていうのに入れられたんですが、体の不自由な方と身近に接したのはその時が初めてでしたね。

で、実際に行ってみましたら、こういう言い方はいいのかどうか分からないけれども、要するにそこは、大学の中の弱者の集まりなんですよ。何か大きな音がしたらひっくり返って泡を吹く人とか、脚を失った人とか、そういう人たちが集まっていたんです。そうするとね、こう言うと福島先生には怒られるかもしれないけれども、弱い者同士の連帯というのはできないんです。

福島 うん、それはよく分かります。

北方 確かに私も肺に穴があいてはいましたけど、もっと大変な人を見ると、正直「俺のほうがまだましだ」と思っちゃうんですよ。もちろん、何か困っていたら助けるんだけど、心の奥のほうには俺のほうがましだという思いもある。相手の方にはとても失礼で、不謹慎な話ですけれどもね。人間が持つ弱点をどういうふうに認識するかという意味で、あれはとても貴重な体験でしたね。

福島 弱い者同士が連帯できないっていうのは、本当にその通りです。たとえば、障害のある人が社会から差別されることは多いんですが、実は差別されている障害者同士が差別をしたりもするんですね。自分より障害の重い人に対して差別的になってしまうところがあって、それが人間のある種の真実と言えます。自分のそういう意識といかに闘うかっていうのは本当に難しいところなんですね。

盲学校には、ただ目が悪いだけじゃなくて、知的な障害もある子たちがいて、別の学級に入れられています。一緒に遊んだりはするんだけど、「こいつらよりはましだ」みたいな気持ちがどこかにあるし、教師たちの中にもどこか分け隔てがあるようにも感じたりする。後になって、それがいかに酷いことかって気づいていくわけですけれども、そういう気持ちが自分の中にあったというのが、すごく辛い経験として残るんです。

世間から差別されたり、理不尽な目に遭ったら、酷いじゃないかって誰でも文句を言うわけですよね。だけど文句を言っている自分自身が、本当はもっと酷いことをやっていたりする。それも人間の現実の一面だと思いますね。

一途になり切れないいまの若者たち

北方　私もそういう苦悩や葛藤を体験しましたけれども、私の結核は、結局治ってしまったわけですから、一過性のものにすぎません。それとずっと向き合ってこられた福島先生の心中は、私の想像の範疇《はんちゅう》を遙かに超えていますよ。

福島　けれども北方先生はその後、いくら原稿を書いても雑誌に掲載されない苦しい時代が十年も続いたということでしたね。天才だと思っていたご自分が、石ころにしか思えなくなったというお話は、とても印象的でした。

北方　ただ、それは福島先生のご体験と同列に語れる話ではないと思いますけれどもね。

一応そのあたりの経緯をもう少し詳しくお話ししますと、小説を書くのが面白くなって、何回も書いているうちに、大学の連中がつくっている同人誌に投稿するようになりましてね。私の書くものには乱闘シーンなんかあるものですから、暴力的でダメだと彼等から言われるわけです。あの当時は、不条理がどうのこうのと、わけの分からないことを書かなきゃいけない時代だったから、北方は殴り合いなんか書いて馬鹿じゃないかと言われたものです。ところがそれが『新潮』っていう雑誌に掲載されて、私は一躍同人誌の星になったわけです（笑）。

ただ、活字になったのは三作だけで、後はいくら書いても雑誌に載せてもらえない。肉体労働で日銭《ひぜに》を稼ぎながら十年も文学青年をやってると、側《はた》からは人生を棒に振っているように見えるわけですよ。そんな私のことを見かねて「いまからでも遅くないから、司法試験を受けろ。弁護士なら年齢に関係なくなれるから」って泣きながら説得してくれた友人もいました。

福島 そういう状況でよく十年も書き続けられましたよね。先が見えているならまだいいけれども。

北方 私は、いま振り返ってもあれが苦労だったとは思えないんですよ。

福島 書くことを楽しまれていたからですか。

北方 楽しんだかどうかは別ですけれども。ただ、編集者に新しい原稿を持っていくと、古い原稿を返される。また新しい原稿を持っていったら古い原稿を返される。それをずーっと繰り返しているのに、苦労だとは思わなかった。編集者からは、「もうやめたほうがいいよ」とまで言われていたんですけれども。

でも後からその人が言ってくれたんです。いまは昔と違って、新人をとても懇切に扱っている。けれども原稿をボツにすると、「ありがとうございました」と言って二度と来なくなり、ボツ原稿を持ってすぐに別の出版社に行ってしまう。それを延々と繰り返すんだと。肘打ちを食らわせようが、蹴っ飛ばそうが、ハッと気がつくと足にしがみついて原稿を差し出してきたのは、あなたの世代が最後だって。

自分がそこまでしてなぜ書けたのか、いまだによく分からないです。

福島　意地でしょうかね。

北方　意地にもなっていないです。要するに一途だったんです。後から考えると、一途で馬鹿ですね。青春時代というのはそうなんだろうと思うんです。

何かを成し遂げる時代ではなくて、どれだけ一途で馬鹿になれたかということなんだろうとね。

福島　いまは、そんなに年がいっていないのに「もう年だ」みたいに思い込んでいたり、おかしな部分だけ老成しているような若い人が多いような気がしますけれどもね。

北方　私は三十代の中頃から雑誌の誌上で人生相談を始めましてね。一見とんでもないことばかりほざいていたように見えて、実はどれも本気で言ったつもりなんですよ。

一番象徴的だったのは、「女の子の友達に好きだって言う勇気がありません。どうすればいいでしょうか？」って質問をよこしてきたやつに、「ソープへ行け！」って答えたんですよ。

福島　ははははっ（笑）。確かにそうすると、変な先入観とか妄想は消えるかもしれませんね。

北方　そうなんです。私は誰彼構わずそう言ったわけじゃない。悩んでいる子に具体的な行動を促すためにそうアドバイスしただけなんですが、その言葉だけが独り歩きしましてね。何しろその雑誌は、若い人たちの間で六十万部も売れていましたから、すごい衝撃を与えてしまったわけです。いまだに言われるんですよ、あの時のことは（笑）。

人生にマニュアルを求めるな

北方　だけど、私は基本的に、人にこういう生き方をしなさいとか言える立場ではないって気がするんですよ。まだ過程にいるという感じがありますのでね。自分のこれまでの人生はこうだった、ということなら語れるけど、こうすれば逆境を乗り越えられますとか、こうすれば成功できますよとか、そういう類《たぐい》のことは答えようがないと思いますね。福島先生はともかく、私は自分で成功したという自覚はありませんから。

福島　いや、北方先生は世間的には大成功されていると思いますけどね。

北方　世間的な問題はどうでもいいんです。自分がそう思えるかどうかの問題でね。

逆境にしたって、乗り越える方法なんかないと私は思いますよ。一人ひとりが、それをどう受け止めるかの問題になってくるのであってね。自分の逆境は自分だけのもの。非常に個人的なものですよ。だから、福島先生の逆境というのはもちろん大変なものだろうけれども、本当のところは私には分かりようがないんです。ご自身が逆境を見事に克服なさっているという事実があるだけでね。

福島　おっしゃる通りだと思います。もっと言えば、逆境を無理に順境にしなくてもいいんじゃないかというのが私の考えです。逆境は逆境のままでいい。

北方　うーん、そこまでいくと達人の域だ。それは逆境も逆境じゃないっていうことでしょう？

福島　そうですね。もちろん逆境というのはしんどいから、誰もが避けたい。だけど避けられないのが人生ですよね。だったらそのしんどさを受け止めて、その上で、このしんどいことにも何か意味があると思うことが大事ではないでしょうか。適当にごまかすんじゃなくて、しんどいことはしんどいこととしてしっかり受け止める。しんどいことと共に生きる。そういう姿勢を貫くことで、おそらくそのしんどさが自分の強さや、豊かさを養ってくれるのではないかと思いますね。

とにかく、逆境を順境にしようという発想自体がたぶん問題なんだと思います。そういう処方箋みたいなものはないと思います。

北方　マニュアルを求めるなっていうことですよね。逆境を逆境だと思ったら負け。それをしっかり受け止めて、自分自身で克服していくしかないでしょうね。

ところで、福島先生は前回お目にかかった時、（ブラディ・ドール・シリーズに出てくる）シェイクしたドライマティーニを一緒に飲みたいっておっしゃっていたでしょう？　ここの下に、私の酒が置いてあるバーがあるから、続きはそっちでやりましょうよ。バーテンに「いつものな」って言ってみましょうか（笑）。

福島　格好いいなぁ（笑）。まさしく北方先生のハードボイルドの世界ですね。

ＢＡＲにて

対談会場を後にした二人は、北方氏行きつけのバーへと向かった。酒を飲まない日は一日もないという北方氏と、鋭い味覚と嗅覚で銘酒を嗜む福島氏。グラスを傾けながら互いに時を重ね合った。

（北方氏と福島氏、バーに入る）

私という存在を鋭く、美しく表現してくれた言葉

北方　さて、カウンターとテーブル席がありますが、福島先生はどちらがよろしいですか？

福島　カウンターのほうがよくないですか？

北方　確かに、カウンターのほうがバーらしいんです。特にシェイクしたドライマティーニを飲むならね。

じゃあ、この角の席に座りましょう。

（北方氏と指点字通訳者二名が、福島氏を囲んで座る）

福島　普段はこんな早い時間にはいらっしゃらないのでしょう？

北方　そうですね。だいたいよそで酔っ払ってきて、ここで大声を出しているんです（笑）。

では、福島先生に注文していただきましょうか。「いつものやつ」と（笑）。

福島　いえいえ、それはぜひ北方先生に（笑）。私はこのお店は初めてですから。

北方　ははははっ（笑）。じゃあ、ドライマティーニを注文しますね。いま、バーテンダーがつくってくれています。シ

ェイクする音が響いていますよ。

福島　ああ、シェイクしたドライマティーニ、ブラディ・ドール（シリーズ）の川中が飲むやつですね。あっ！（盲人用の腕時計を指で触って）北方先生、時間もたまたま、ちょうど六時半ですよ！

（※編集部注　川中は毎日午後六時半に、シェイクしたドライマティーニを自分の経営するバー「ブラディ・ドール」で飲む習慣がある。ドライマティーニは通常シェイクしないので、これは川中にしか出されない）

北方　ちょうど川中が飲む時間ですね。

バーテンダー　こちらが、別名、「北方マティーニ」と言います。

福島　これは感激だなあ。

北方　これで福島先生との約束が一つ果たせますよ。

いま、シェイクしたドライマティーニがグラスに注がれました。乾杯しましょう。先生はグラスを置いたまま持っていてください。私がカチッてやりますから。

それじゃ、我われの今後に――。

福島　はい、二人の今後、そして、二人の鼓動のために――。

北方　鼓動かぁ。私は最初の対談で、「福島先生の言葉は鼓動だ」って申し上げたけど、あれは先生とお話しして感じたことをそのまま、子供みたいな目線になって申し上げたつもりなんです。

福島　あの言葉をちょうだいできたことが、あの日一番の感動でしたので、私の著書（『ぼくの命は言葉とともにある』）の帯にも使わせていただきました。

「鼓動」と言ったら命の証ですよね。それも抽象的な命ではなくて、いま、まさに具体的に生きているという。これほど端的で、鋭くて美しい表現をしてもらったことはなかったので、ものすごく印象に残りました。

北方　そこまで喜んでいただけると、私も嬉しいですよ（笑）。

酒を飲むことは一日も休んだことがない

北方　ここはシガー・バーなんですが、葉巻を吸ってもよろしいでしょうか。

福島　どうぞ、どうぞ。

北方　いま、シガーカッターで吸い口をつくって、火を付けます。どうですか、香りは分かりますか？

福島　あぁ、漂ってきました。煙草とはまるで違いますね。

北方　昔の王侯は、両側で奴隷に葉巻を吸わせて、その香りだけ楽しんでいたそうです。ですからいま、福島先生は王侯状態です（笑）。

福島　それは恐れ入ります（笑）。

北方先生は、どのくらいのペースでお酒を飲まれているのですか。

北方　ほとんど毎日飲むんです。たぶん一日も休んだことはないだろうと思います。時間も決まっていて、普段は朝の四時ぐらいに飲むんです（笑）。

福島　朝の四時にお酒を？

北方　コップ一杯くらい飲むんですよ、ウイスキーを。そうすると眠たくなる。つまり睡眠薬みたいなものですね。ゆっくり飲むと気持ちよく酔ってきて、逆に意識が覚醒してきたりしますから、キュッ、キュッ、キュッと飲んで、酔っ払ってきた時にパタッと寝るんです。

人と会ったりする時には、夕方六時くらいから食事をしながら飲みますが、そういう時はシングルモルトのスコッチウイスキーをソーダで割って飲みます。

福島　作品によくバーボンが出てくるので、ご自身でもバーボンを飲まれるのかと思っていました。

北方　もちろんバーボンも飲みますが、普段はシングルモルトですね。アイラモルトと言って、スコットランドのアイラ島のシングルモルトとか。

福島　私もラフロイグとか好きです。

北方　そう、ああいうやつです。あと、若い女の子とバーへ行って飲む時は、コニャックです。だからここには、コニャックのボトルも置いてあります（笑）。

昨日もね、役者さんたちと飲んでいたら、彼らの話も面白かったし、私の話も向こうが聞きたがったから、やっぱり朝の四時まで飲んじゃった（笑）。

福島　そんなにお酒を飲んで、二日酔いはなさらないんですか。

北方　それがしないから飲んじゃうんだよなぁ（笑）。

福島　明け方まで飲んだ時は、何時に起きるのですか。

北方　いつも朝の九時には起きるようにしていますよ。五時に寝ようが六時に寝ようが、九時には起きるんです。そうしないと生活がどんどん逆転していきますからね。

だらしない自分を真剣でズバーンと斬り捨てる

福島　短い睡眠時間で膨大な仕事をこなしていらっしゃるんですね。体調維持のために何かなさっていることはありますか。

北方　ほとんどやっていなくて、異常な速さで一時間歩くだけです。自宅にいる時には犬を連れてね。その犬が運動能力の非常に高い犬なので、一緒にどーっと歩いていく。いままで歩いている人に追い抜かれたことはないです。

ホテルで執筆している時は、スニーカーを履いて側にある坂をずーっと歩いていくんです。坂の上にある映画館で映画を一本見て、それからまた歩いて帰ってくる。

福島　ホテルで執筆されることは多いのですか。

北方　月に十日間です。自宅にも十日間います。残りの十日間は海の別荘にいるんですよ。三浦半島のね。そこでは仕事と釣りをやるんですが、釣りは船を操縦してやるから、揺れる所で立っているのがいい運動になっているでしょうね。

だけど、別荘で一番やっているのは居《い》合《あい》抜きです。

福島　居合抜きですか。それも健康に効果がありそうですね。

北方　いやいや、健康のためにやっているんじゃありません。自分を斬っているんです。

畳屋さんに行くと畳表《たたみおもて》をタダでくれるものですから、それを竹に巻いてつくった巻き藁と、真剣を携えてじーっと対《たい》峙《じ》する。だらしない自分が見えた瞬間にサッと抜いてズバーンと、息を止めて一瞬で斬るんです。精神を集中してやるから一日五本くらいが精いっぱいですが。

私はドライマティーニを飲んでしまいましたので、次はコニャックにします。福島先生はどうなさいますか。

福島　私も同じものをお願いします。コニャックはどうやって飲まれますか。

北方　ストレートです。これは匂いを楽しむお酒ですからね。いまグラスがテーブルに置かれました。

福島　うーん、いい香りだなあ。

北方　では、また乾杯しましょう。

（二人、グラスを合わせる）

福島　ああ、これはすごいな。私は砂糖の入ったようなブランデーしか飲んでいませんけど、これは本物ですね。

バーテンダー　最高級のものです。

福島　これ、このすっきり感がすごいですね。これを飲んだら、他のコニャックはもう飲めないですよ。

北方　さすが福島先生は、よいものがお分かりになる。

（こうして二人の歓談は一時間余り続いた）

第三章

生きて、生きて、生き切れ！

文字通り、「言葉」を自らの生きる糧として歩んできた二人。そして三度、彼らは巡り会うこととなった——。話は酒の飲み方から幼少期の読書体験、亡き父との思い出、女性観にまで及び、人生の処し方について深く語り合った。

いまも大切にしている父からの手紙

福島　先日は、バーにお誘いいただきありがとうございました。北方先生と一緒にカウンターでグラスを傾けられるなんて。私にとっては本当に最高の時間でした。

北方　喜んでもらえて嬉しいです。

福島　やっぱりお酒って、北方先生ご自身とも、北方先生の作品とも深く結びついているのを感じたんですけれども、そもそも北方先生は、いつ頃からお酒を飲まれているんですか。

北方　一番最初は、小学校六年生ぐらいの時でしたね。

福島　それは早いな（笑）。

北方　大っぴらに飲んだわけじゃありませんよ。いわゆる盗み飲みというやつです（笑）。

自宅に親父の酒が置いてありましてね。ジョニーウォーカーの黒ラベルとか。いわゆる「ジョニ黒」ってやつですが、何であんなに美味そうに飲んでいるんだろうなと思うわけですよ。頼んでも飲ませてくれるわけがないので、隠れて飲むしかない。それでこうやってクッと飲んだら、口の中から喉、食道までカーッと熱くなった。気持ち悪くてのたうち回っているところへ、出かけていた母が帰ってきて、ものすごく怒られました（笑）。

それが最初の酒です。

福島　あぁ、お父様のお酒が。
お父様といえば、最初の対談でご紹介いただいた「男は十年だ」という言葉にはとても感動しました。

北方　親父とはしょっちゅう喧嘩していました。中学生の頃なんか、私を持ち上げて壁にダーンと叩き付けて「俺に勝とうと思うのは十年早い！」って睨《にら》み付けるんです。

　ところが高校一年の時にガバッとぶつかったら、柔道をやっていたから分かったんですよ、勝てるって。そうすると逆に手が出ない。またバーンとぶっ倒されて「俺に勝とうと思うのは十年早い！」と（笑）。あぁ、親父も年を取ってしまったんだなって、少し悲しかったですね。

　親父が「小説なんかやるやつは人間のクズだ」って言っていたことは、この間お話ししましたね。けれどもずっと後になって近所の本屋さんのご主人が、私の本が最初に出た時に、親父が店に見に来たって教えてくれたんですよ。店頭に二冊あるのを見て「他のものは売れたんですか、それとも二冊しか入らなかったんですか」って聞いたらしいんです。二冊しか入っていないと伝えたら、その二冊を抜き取って、「カネに糸目は付けないから、何冊でも入れてください」って頼んだそうなんです。

福島　やっぱり心配だったんでしょうね。

北方　親父は私の本なんか絶対に読まないと思っていました。ところが親父が亡くなって、会社に遺品の整理に行ってみたら、デスクの中に私の本がズラッと入っていたんですよ。右の袖は既読の本、左の袖は未読の本なんです。出た順番に全作買っていたんですね。

福島　それはじーんとくるなぁ。

私の父はくも膜下出血で倒れて植物状態になって、一年八か月で亡くなったんですけれども、父と生前あまり話ができなかったのが、すごく残念でしたね。

その父が、私が盲ろうの状態になって、東京の盲学校に復学する時に、生まれて初めて点字で一所懸命書いてくれた手紙が二通あって、それはいまも大切に持っているんです。

北方　お父様は、何と書いてくださったのですか。

福島　この（点字で読める）パソコンの中に、その手紙のデータが入っています。ちょっと長いので、いまその一部を読み上げてみます。こんな感じです。

「幼いときからの風雪の人生、それはお前だけに与えられた試練といえる。世の中の数多くの身障者の先駆者となってほしい。

かつておまえをかわいがってくれた亡き人たちと、いま生きて、お前を見守っていてくださる人たちの愛情にこたえるためにも奮起してほしい」

北方　そのお手紙が、いまも福島先生を突き動かしているのでしょうね。

幼少期の愛読書『スイスのロビンソン』

福島　私の父は中学校の教師でしたが、北方先生のお父様は何をなさっていたのですか。

北方　外国航路の船長でした。実家は九州の唐津《からつ》にあったんですが、父の船は横浜にしか入らないんですよ。ですから幼い頃は、父が日本に帰ってくると、母と妹と三人で横浜に迎えに行きました。当時はまだ新幹線がない時代だから、最初は蒸気機関車が引っ張る列車に乗り、やがてディーゼル機関車が引っ張る列車になりました。相当古い車両で、一両だけ接続してある寝台車に三人で乗るんです。あの頃は田舎から大都会に行くって感じでしたね。

父はよく、横浜の伊勢佐木町にある有隣堂の本店に連れていってくれました。「戻ってくるまでに読みたい本を探しておけ」と言って、私をそこの絵本売り場に置き去りにして、自分も本を探しにいくんです。しばらく立ち読みしながら面白そうなのを二、三冊選んで待っていると、本を抱えた父が戻ってきて「お前はそれか」と言って一緒にレジに行くんです。

福島　お父様は、どんな本でも買ってくださったのですか。

北方　何でも構いませんでした。低学年の頃は『ジャングル・ブック』のような絵本を選んでいましたが、高学年になった頃に選んだものの中に『スイスのロビンソン』という小説がありましてね。これは本職の作家の間でも、もう一度読んでみたいという人がいるくらいに評判が高くて、私自身もとても印象に残った作品でした。

福島　それは『ロビンソン・クルーソー』のことですか。

北方　いえ、別の作家の作品で、こちらは家族で漂流する話です。移民船に乗っている時に嵐に遭って、家族だけが生き残って無人島に辿り着くわけです。移民船ですから、農耕の道具とか、銃とか火薬とか、いろんなものを積んでいて、それを駆使しながら家族が協力して家をつくり、道をつくり、農耕や漁をして食糧を確保し、一つの小さな国みたいなものを建設していく物語なんです。これは面白かったですね。

極寒、落下、リンチ……極限体験が創作の土台に

福島　先生の作品の中にも、登場人物が過酷な状況でサバイバルしていく話がたくさんありますね。例えば『史記　武帝記』の中に、バイカル湖の北に流された蘇武《そぶ》が、極寒の中で狼を友達に生き延びる場面が何度も出てきま

すけれど、あのサバイバルの話はすごくおもしろいなあと思いました。

北方　あの作品の中で、私が書いていて一番熱が入ったのは、バイカル湖の北へ蘇武が行って、そこに李《り》陵《りょう》が訪ねてきたシーンでした。

福島　そう、すごい、何か、楽しそうに書かれてるなあと思って。

北方　ははは（笑）。

福島　私も読んでてすごく楽しかったですね。

北方　ただ、現実には、バイカル湖の北でのテント暮らしなんてとんでもないことみたいで、おそらく生きてはいけないんですけどね（笑）。私も実際に一冬の間行ってみたんですが、突然寒波が来て、もともと零下二十℃だった気温が、さらに零下四十℃、五十℃にまで下がるんです。外で暮らしてみたいって言ったら、「それは自殺だ」って止められました（笑）。代わりに、ログハウスの中にもう一枚革を張ったような所に泊めてくれましたが、外に出ると息は凍るし、おしっこをすると尿道まで凍っちゃう。髭《ひげ》なんか生やしてるとバリバリっとなって、空気が痛いというような感じになってくるんです。

そういう時はどうするかというと、とりあえず食べるんです、何でもかんでも。食っている間は暖かいんです。

福島　蘇武もひたすら、食べていましたよね。先生のそういうご体験が、作品における極限状況とか、戦いの描写に生きてくるんでしょうね。

北方　体の衝撃についての経験は、そんなにたくさんあるわけではありませんが、少年の頃、柿の木に登ったことがありましてね。柿が美味しそうになっていたのを採ろうと思って細い枝へ行ったら、いきなりポキッと折れて、ドーンと地面に叩き付けられたんです。もう息ができなくて、いくらのたうち回っても空気が口から入ってこない。しばらくしてフーッと入ってきたんですけどね。肉体的な衝撃を受けたら息が止まってしまうんだというのを、あの時身をもって体験しました。

それから、大学三年の時の体験で、いまだに後遺症が残っているものがあります。

福島　何があったのですか。

北方　大学でデモをやっている時で、どういう目に遭ったかというと、掃除道具を入れるロッカー、あれ棺桶みたいなんですが、そこに叩き込まれたんです。そこは校舎の四階で「さあ、殺そうぜ」とか言って、わーっと振り回すわけですよ。あぁ、外に放り投げられて死んじゃうのかなと思った瞬間、部屋の床の上にドーンと落とされた。

「殺すんならさっさと殺せ！」って叫ぶんですが、そのうち誰もいなくなったんです。内側からは扉が開かなくて、いくら声を上げても、暴れても人はやってこない。もう頭がおかしくなりそうでした。記憶も途切れ途切れなんですが、二十四時間くらい閉じ込められた後、道路に放り出されていました。日の光がやたら眩しかったのは印象に残っています。

福島　それは相当しんどいなぁ。まさに極限状態ですよね。

北方　いまだに狭いところは怖いですよ。あの直後は、乗っていたバスが渋滞に見舞われて、なかなか停留所に着かないってだけでも全身汗まみれになったくらいです。

『次郎物語』『宮本武蔵』『星の王子さま』の眩しい思い出

福島　読書のお話をもう少し伺いたいのですが、少年時代に読まれた本で、他に北方先生の印象に残っているものはありますか。

北方　あとは小学六年生の時に読んだ『星の王子さま』。サン・テグジュペリの作品ですが、あの中にある現実にあまり侵されていない想像力にはすごく心が動きましたね。もう一つは非常に教条的な小説なんですけど、下村湖人の『次郎物語』。この二つが小学六年から中学一年くらいまでの間の私の愛読書でした。

福島　どちらも成長の過程にある子供たちによいものを伝える作品ですね。やはり先生は純粋なものを心の根っこにお持ちなんですね。

北方　それは子供だったからだと思いますけれどもね。で、次に夢中になったのが吉川英治の『宮本武蔵』ですよ。

福島　だんだんとハードボイルド的になってきましたね。

北方　あの武蔵が持っているストイシズムみたいなものにすごく憧れて、俺も武蔵みたいになりたいと思ったものです。それから、あそこに出てくる女性がよかったんです。

福島　お通ですね。

北方　中学生の時の女性観から言うと、あのお通のように、どこまでもどこまでも、ひたむきに追いかけてくるっていう女性は、すごく理想的だったんです。いまは絶対嫌ですけどね、そんなの。逃げちゃいますよ（笑）。

福島　それらの本はどうやって選ばれましたか。誰かに勧められたのですか。

北方　『次郎物語』は自分で選びました。『宮本武蔵』はうちにありました。

福島　『星の王子さま』はどうですか。あれはご自分からは、なかなか手に取りにくかったのではありませんか。

北方　あれは「これ、とっても素敵だから読んでみなさい」と、隣の隣ぐらいの所に住んでいた大学生のお姉さんに勧められたんです。

福島　もしかすると、そのお姉さんに淡い恋心を抱かれていたのでは？

北方　淡いなんてもんじゃない。眩しくて、とても真っ直ぐ見ていられませんでしたよ（笑）。私にとっては、一番側にいた大人の女性だったんです。お母さんでも、おばさんでもなくね。英文科に通っていまして、それは眩しく感じたものです。その人が「読んでみなさい」と言って、岩波の小型判のハードカバーをくれたんですから、次に会った時に、絶対に感想を言わなきゃいけないと思うわけですよ。でないと嫌われると思って読んだんでしょうね。

でも、読書のきっかけなんてどうでもいいと思うんです。あの本に小学生の時に出合ったというのは、大きなことだったような気がします。

福島　本当にそうですよね。「いちばん大事なことは、目には見えない」とか、素晴らしいフレーズがたくさん出てきますけれども、小さい頃からそういういい言葉に出合うことは、とても大事なことだと思います。

自分の大切なものを守り抜く主人公たちに深く感情移入

福島　私は幼い頃から、両親によく本を読んでもらいましたし、自分で読むのも好きでした。ただ両親からは、目によくないからあまり読まないようにと言われていましたね。

失明して盲学校に入ってからは、手にする本の文字も活字から点字に変わりました。本からイラストや写真が消えて、漫画も読めなくなったので、最初はつまらなかったのですが、言葉を通して「絵」を想像できることに気がついて、読書にどんどんのめり込んでいきました。子供時代に読書の楽しさを知ったことは、大きな収穫でしたね。

北方　福島先生は、どんな本が印象に残っていますか。

福島　小学生の時は『くまのプーさん』とか『ロビンフッドの冒険』とか『アンネの日記』とかですね。

それと、中学生になって読んだ短い小説ですが、強く印象に残っているのが、芥川龍之介の『杜子春《とししゅん》』です。主人公の杜子春が、大金持ちになったり一文無しになったりを繰り返すのを通じて、幸福とは何かを考えさせられました。作品が示唆しているのは、幸せはいま目の前にあるもの、既に自分の側にあるものだということかなと思いましたが。

それから『ロビンソン・クルーソー』や『十五少年漂流記』は興奮しましたね。成人してから読んだ立花隆《たかし》の『アポロ13号　奇跡の生還』など、極限状態に置かれた人間がそれを克服してサバイバルしていく話には、盲ろう者として生きていく勇気をもらいましたね。

北方先生の作品は、最初の対談でもお話しした通り、この数年ずっと私の支えになってきました。先生の作品の主人公たちの心の底には、「たとえどれほど些細なものであっても、自分が大切にするものを守るためなら死んでもいい」という覚悟がありますよね。私は盲ろうになったことで、これまでいろんなしんどいことを経験してきましたけれども、そういう時に、各々の目標に向かって全力でぶつかっていく先生の作品の登場人物たちに、深く感情移入していくんです。

読者からの訴えで変更した登場人物の最期

北方　読者というのはとても怖いところがありましてね。例えば『三国志』を書いていた時に印象的だったのは、近所に読者がいたんです。女の子でしたけどしっかり読んでくれていた。そして物語の途中で呂布《りょふ》が出てきたわけです。赤兎馬《せきとば》という名馬に跨《また》がってね。

福島　あぁ、あのとてつもなく強い男ですね。

北方　そうです。そうしたらその子はね、自分の自転車に赤兎っていう名前を付けて、朝寒い日でも「赤兎、頑張れ！」って声をかけながら一所懸命駅まで自転車を漕いで学校に通っていた。

ところが物語の途中で、赤兎は戦で呂布をかばうような形で負傷してしまいました。海べりで傷を治している間に呂布が死ぬんですよ。

福島　そうでしたね、そうでしたね。

北方　ですから呂布と赤兎は離ればなれになっていたんですが、呂布が戦で死んだその瞬間に赤兎が竿《さお》立ちになって海の中にザーッと入っていくシーンを私は書いたんです。

するとその女の子が、そのシーンが活字になる前に、「もしかして、赤兎が海の中に入っていくんじゃないでしょうね」って言ったんですよ。まずいなあと思ったけど、もう書いてしまっている。そこで私は、赤兎をずっと世話していた馬飼いの少年が、後を追って海で溺れてしまって、赤兎がその少年をつれて陸へ戻ってくるシーンを急遽追加したんです。

福島　そうか、そうか。少年がいなかったら、赤兎は呂布の死を直感して、あとを追って自殺していたかもしれないわけですね。

北方　そうなんです（笑）。そういうことがしょっちゅうありましてね。『水滸伝』では、鮑旭《ほうきょく》という男が出てきます。

福島　山の中で魯智深《ろちしん》に拾われた孤児ですね。

北方　はい。そして子午山《しごさん》というところで真っ当な人間になって梁山泊軍の将校になるわけです。ところが物語が進んでいい年になってきたので、そろそろ死んでもらわなきゃいけないかなと思ったんですよ。梁山泊の仲間の多くは戦で死んでいるので、彼には病気で死んでもらおうと思って、療養所に通って薬をもらって帰るシーンを何回も書いていたんです。

そうしたら、その頃行われたサイン会で、女の人が険しい表情で私の前に立ちましてね。「鮑旭は死にますよね」って言ったんですよ。「う━ん、死ぬかもしれないね」って答えたら、「私はもう覚悟しています。だけど、病死だけはやめてください！　戦死させてやってください！」って涙をポロポロ流すんですよ。

しょうがないから私は、鮑旭が病をおして戦場に出て、味方を助けながら死んでいくシーンを書いたんです。これであの女性も満足してくれるだろうなと思いながらね（笑）。

福島　現実の読者とのそういう心の交流も、作品に反映されているのですね。

北方　例えば、ほんのちょっとだけある人物を書いておくとするでしょう。何かのタイミングで活躍させようと思って。すると、その人物が好きになっちゃう読者がいるんですよ。そしてその読者は、私が書いていないその人物の過去や未来にまで想像を膨らませるわけです。そんな強烈な思い入れを持ってくださる読者が、たくさんいらっしゃるんです。

登場人物は作家の意図を超えて動き始める

福島　確かに読む側からすると、物語にちょっとでも登場してきた人物のことは気になりますからね。

例えば、（複数の北方作品に登場する名脇役の）高樹警部を主人公にした「老犬」シリーズに、彼の少年期を描いた『傷痕』という作品がありますよね。そこに岡本という南方の戦線から復員してきた男が出てきますね。主人公の（高樹）良文にロープを武器にする方法を教えてくれるけど、最後はヤクザとの争いで酷い怪我を負いながらも笑いながら死んでいく。

戦場では、進んで危険な戦闘にも加わって活躍するから、何度も昇格したけれど、その度に上官を殴ってすぐに降格になってしまったというような噂話も出てきました。いったい彼はどういう人間だったんだろうということが、すごく気になりましたね。

北方　書いている時には具体的な設定があったと思います。彼は、心が荒《すさ》んでいて死ぬのは恐れていないけれども、少年に対しては愛情とは言えないまでも親しみを見せる。そういう人格の背景として、なんらかの過去を設定して書いたと思います。

だいたい小説を書く時には、登場人物がなぜそういう性格になったかということは、実際に書かないまでも想定はするんです。それをきちんとしておかないと、なかなかリアリティを持って書けないだろうと思うんです。一度設定をした上で、いまの時間だけを切り取って書く。するとその登場人物の言動にも矛盾や齟齬《そご》が生じないんです。

福島　読む側は、そこから逆に遡って想像を膨らませるわけですね。この人物は、きっとこういう人生を歩んできたんだろうなと。

北方　そうですね。ですから読者の皆さんが、岡本なら岡本という男の人生はどんなだったんだろうな、と私が書かなかった部分まで想像してくださるような小説というのは、私にとってよく書けたと思える小説なんです。

ただ、登場人物がどう動くかは私にも読めないところがあるんです。

例えば、先ほども出てきた『水滸伝』の鮑旭は、もともと孤児で、盗みや人殺しをして獣のように生きてきた若者でした。それが子午山の王進に預けられ、武術や農作業を通じて人間として生まれ変わる過程で、王進の母である王母《おうぼ》が、手を添えて何度も字を教えてくれる様子を書いていったわけです。

翌日、鮑旭が一日の作業を終えて一人腰を降ろしてそばの棒を手にし、書けないと思っていた自分の名がちゃんと地面に書けて、喜びを嚙みしめながら心の中でつぶやくんです。「母は、ほめてくれるだろう」と。

福島　印象的なシーンでしたね。

北方　獣のように生きてきた鮑旭に、人間らしい心が芽生えてきたことを表現したわけですが、これなんか、最初から考えていたわけじゃないんです。ずっと物語を書いていないと出てこなかったでしょうね。

ですから小説に登場する人間っていうのはいつも、描写をしているうちにどんどん変わっていくんです。そしてどう変わるかということは、書いている自分でも予測できないんです。

福島　生き物なんですね、小説は。書きながらどんどん変わっていく。

北方　ですから、死なせたくない人間が死んだりするんですよ。『水滸伝』には、やがて軍師にしようと思って書いていた男がいるんです。阮小五《げんしょうご》といって、阮三兄弟の真ん中の男なんですけどね。ところが彼は、戦いで負傷して死んでしまったんですよ。書いてしまってから、あぁ死んじまったと（笑）。

福島　それは、筆が滑ってしまったということですか？

北方　いや、もうそこで死ぬ人格に書き上がっていたわけです。だから生き延びさせられないんですよ。

福島　作家にもどうにもならない部分があるわけですね。

北方　登場人物の生殺与奪《せいさつよだつ》権を作家が握っているというのは、大いなる誤解です。というより、生殺与奪権を握っていると思っている間は、まだ物語が本当に立ち上がっていないと思います。

福島　あぁ、本当に立ち上がってしまうと自分の制御を超えてしまう。

北方　一人ひとりが人生を持っていますし、一人ひとりが違う志向を持っていますからね。「まだ死ぬなよ、まだ死ぬなよ」と思いながら書いていても、死んじゃったりするんです。書いてから「しまった！」と。

惚れた相手は鏡に映った自分である

福島　北方先生は、現実に向き合っている人の人格もイメージされたりするのですか。この人はこんなことをしそうだな、みたいなことを予測されたり……。

北方　いや、他人のことは分かりません。私が小説で書く登場人物は、全員自分だと思っていますし。
　例えば、ちょっとスケベな男が登場したとしますよね。それは私のスケべな部分ですよ。それが少し入っているんです。あるいはちょっと男っぽいやつ、ちょっと卑怯なやつが出てくる。それも私の一部です。そんなふうに、表現物というのはあらゆる点から言って自己表現だと思うんですよ。これまで何千人もの登場人物を書いてきましたけれども、あれは全員自分だと思っています。

福島　作家の人格のいろんな側面が、登場人物に反映されているわけですね。だけど、私は先生の作品を読んでいて、嫌な人間というのはほとんどいませんよ。

北方　スケベなやつや、卑怯なやつはいっぱいいますけどね（笑）。

福島　女性の場合はどうなるんですか？

北方　それも自分のイメージです。こういう女性は嫌いだ、こういう女性は好きだっていうのがありますからね。そういう思いがいっぱいインプットされていて、それが小説の中にふっと出てくるんだろうと思うんですよ。だからやっぱり全部自分なんですね。

福島　先生の作品には、魅力的な女性がたくさん出てきますね。

北方　ほとんど私の願望です。そういう女性を欲しているんです。ハードボイルドを書いている頃、女性からよく言われました。「こんな女がいるといいわよね」って（笑）。

福島　でも、先生が書かれるようないい女性って、実際にいそうな感じがしますよ。例えば「約束の街」シリーズに出てくる「オカリナ」っていう店のママとか。

北方　いそうに感じるというのは、福島先生の感覚が男だからですよ。たまに地方に行って酒場があると、ああいう女がいないかと期待するじゃないですか。でも入ってみると、お婆ちゃんがいたりとかね（笑）。

福島　現実はそういうものなんでしょうかね（笑）。だけどそういう現実の中でも、女性が男性に及ぼす影響というのは大きいですよね。

北方　結局いい女っていうのは、いい男にならないと見出だせないわけですよ。だから、惚れた相手というのは鏡に映った自分だと思うようにしています。自分に見合った相手に惚れるものなんです。それで恋愛は成り立つんだろうと思うんですよ。

福島　なるほど、それは真理かもしれません。

北方　だから、いい男にならなきゃいけないと絶えず思っているんだけれども、いい男になり得ていないから、変な女の子に惚れてしまう。その時私は、変な女の子に惚れる変なやつなんです。それで私は人生、ずっと苦労してきているんです（笑）。

いろんな国の女性たちと仲良くなる秘訣

北方　それにしても、この指点字っていうのは見事なものですね。私が何か言うと、あっと言う間に福島先生の反応が返ってくる。それだけ素早く私の言葉を先生の指に打ってくださっているってことでしょう。おかげでこうして自由に語り合えるわけですけれども、（通訳者に向かって）指を動かすのは大変でしょう。

通訳者　指を動かすことよりも、指点字を読み取るほうが大変だと思います。

北方　だけど、これで言葉がすべて通じるんだからすごいなぁ、指点字というのは。

福島　（通訳者に向かって）「愛」という指点字を北方先生に教えてあげてよ。

（通訳者が北方氏の指に「あ・い」という指点字を打つ。左の人差し指の爪の根元あたりをトンとタッチすると「あ」になり、左の人差し指と中指を同時にタッチすると「い」になる）

北方　なるほど、これで「愛」。このひと言があれば、いくらでも人生を語れるな。

私はね、海外に行った時にいつも最

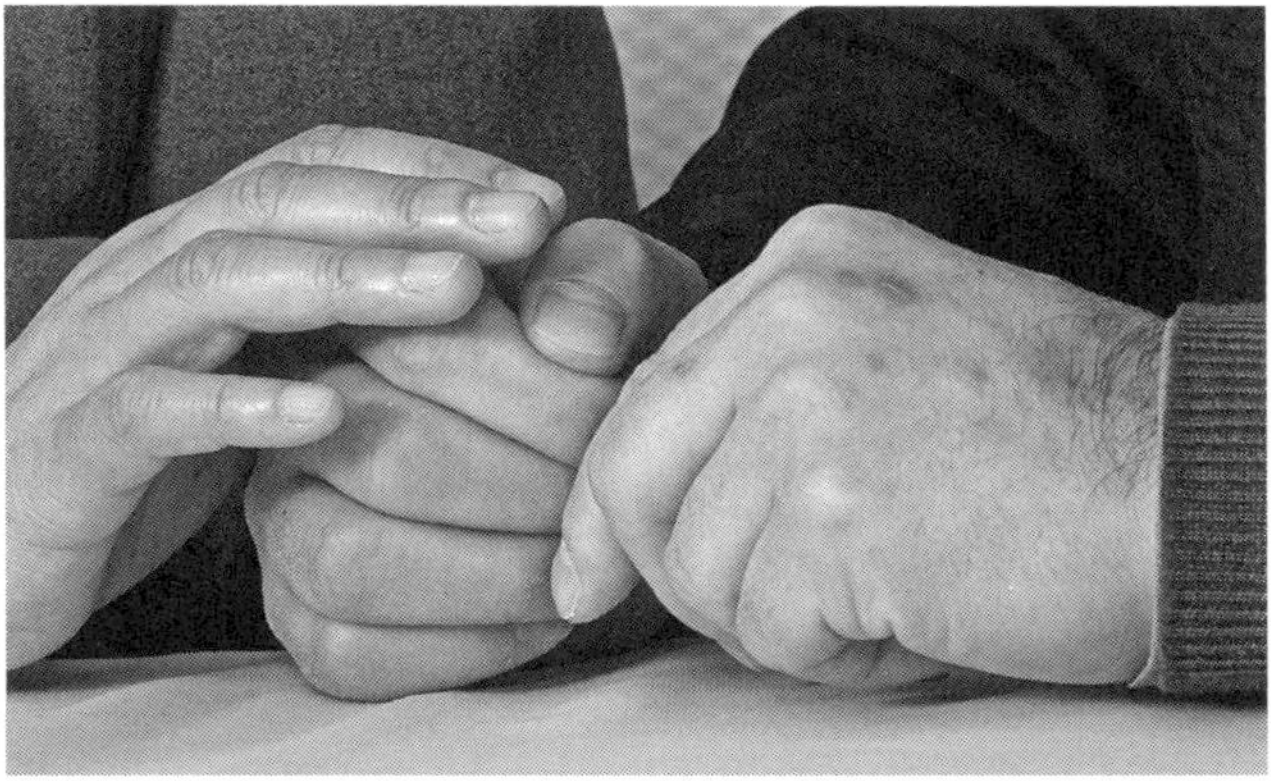

指点字によって言葉はほとんどタイムラグなしに伝えられる

初に覚える現地の言葉があって、「君、かわいいね」って言うんですよ。「君、かわいいね。トイレどこ？」というふうに現地語で聞けば、向こうも喜んで教えてくれる。これ、もう三十か国語くらい覚えました。

福島　なるほど、そうやっていろんな国の女性と親しくなるんですね（笑）。

北方　生き抜く知恵ですよ（笑）。ところがアフリカの奥地のほうに行ったら、もう部族語しか通じない。これは分かりようがないので、まず子供たちの前で、煙草を目に入れ、鼻から出すという手品を披露するんですよ。

子供たちはびっくりして、私のことを神のように尊敬する。そこで現地語を収集するんです。そうして村へ入って険しい顔をしている大人たちに、教わった現地語で「水、水」と伝える。そうすると、お前は何で俺たちの言葉を知っているんだっていう話になって、それだけで一気に打ち解けられるんです。

福島　言葉というのは、本当に大事なのですねぇ。

人生には、物語があってよかったと思う瞬間がある

北方　西アフリカに行った時のことを少しお話ししましょうか。カメラマンと二人でコートジボアールだとか、ガーナ、トーゴ、それからシエラレオネを車で旅している時に、飢餓地帯に入ったんですよ。そうすると、お腹がこんなに膨らんでいる少年が寄って来て「ムッシュー、ムッシュー」と手を出すんですよ。

福島　お腹が膨らんでいるというのは、栄養失調の子ですね。

北方　けれども、手元の食べ物をずっとあげ続けるわけにはいかない。ですから結局あげるのはやめて、その代わり自分たちも水以外は食べるのをやめ

て、三、四日その飢餓地帯を旅行したんです。

その時に思い出したのがサルトルの言葉でした。彼はこう言ったんです。

「餓えた子供の前では文学は無力である」

と。初めて目にした時には、凄いことを言うもんだなと思ったのですが、実際にたくさんの餓えた子供たちを目の当たりにしてみると、その言葉の真意が痛いほど伝わってきましてね。確かに飢餓地帯で本が役に立つわけがない。俺は小説なんか書いていていいんだろうかと思いました。それくらいあの一帯の光景は凄惨《せいさん》だったんです。

その後、トーゴのロメっていう少し経済状態のいい所までやって来て、ホテルに二週間くらい滞在しました。ドゥ・フェブリ（二月二日ホテル）っていう木造二階建てのホテルでしたけれども、ショックを引きずっていたのであまりハイになれなくて、ホテル前のベンチに腰を下ろして、煙草を吸いながらずっともの思いに耽《ふけ》っていたんです。

その時に、ホテルのコンシェルジェの女の子が出て来て、向かい側からやって来た黒人の女の子とハグして、何か言葉を交わし始めましてね。しばらくすると、向こう側から来た女の子が、ポロポロ涙を流して泣いているんですよ。どうしたのかと思ってよく見ると、コンシェルジェの子が膝の上に本を広げて読んであげていたんです。字が読めない向こうの子に音読してあげていたら、感動して涙を流していたようなんです。

それを見た時に、物語というのはこんなふうに人の心を揺り動かすんだというのが見えた気がしましてね。俺は小説家でいてもいいのかなと思えたんです。

福島　図らずも小説家であることの意味を見出だされたのですね。

北方　もう一つ同じような思いをしたのが、最初の対談でご紹介した３・11の時に被災した青年から手紙をもらった時です。図書館にあった『水滸伝』を読んで、「心を救われた。書いてくれてありがとう」というメッセージを送ってくれた。小説はそんなところで生きればいいだろうと、いまは思っているんです。

福島　それは本当に物語の力ですよね。言葉が人の命を救う。命にエネルギーを注ぐっていうことですよね。

北方　本や物語というのは、命を維持するためにはいらないんです。だけど人生の中には、物語があってよかったな、小説があってよかったなと思う瞬間がやっぱりある。それは絵とか音楽とか映画なんかも同じで、人間が人間たろうとした時に必要になってくる。肉体には必要ないけれども、精神に必要な栄養だろうと思うんですよ。私はいつもそういうつもりで書いているんです。

言葉がなければ人間の魂は死んでしまう

福島　私は常々実感しているんですが、見えなくて、聞こえなくても、何とか生活はしていけます。けれども言葉がないと、つまり具体的なコミュニケーションが難しいと、人間というのは生きていけないんです。言葉は人間にとっての酸素のようなもので、それなくしては魂が死んでしまう。

私は点字が読めましたけど、中には病気とか怪我とかで大人になっていきなり目も耳も不自由になる人がいます。そこから点字を習得するのはすごく大変で、本も読めないし、人とまともに話もできなくなってしまう。そうなると人間は生きていくのがとてもしんどくて、実際に自殺を考える人も少なくありません。

やっぱり言葉というのは、文字どおり生きる力になるものだと私は思いますね。

北方　それは福島先生だからこその深い感懐でしょうね。

福島　北方先生に手紙を送った青年は、仲間と交わすコミュニケーションとはまた別のところで、『水滸伝』という物語世界が提供する言葉にすごく大きな力を与えられたんだろうと思います。

『水滸伝』の中には、命懸けで戦ったけれども、夢破れて死んでいった人たちがたくさんいますよね。だけど生き残った人たちがその死んでいった人たちのことを憶えていて、命を引き継いで生きていく。そういうメッセージが伝わってきますから、やっぱり大震災の後で、エネルギーになったんだと思います。

北方　そうであったのなら、書き手として本当に嬉しいことです。

福島　『水滸伝』には、自分の役割を懸命に果たしていく人がいろいろ出てきますよね。走ることで役立とうとする王定六《おうていろく》とか、どんな激しい戦場でも将軍の旗を掲げ続ける郁保四《いくほうし》とか。あまり目立つことはないかもしれないけれど、愚直に、一途に自分の人生を生きていく。ああいう姿っていうのはわけもなく何か力を与えてくれるんです。

私の場合は本物の津波ではありませんけれども、いわば人生における津波みたいなものを経験している時に北方先生の作品と出合って、やはりすごく力をもらいました。登場人物たちは、必ずしも人生が上手くいっている人たちばかりではない。むしろ不器用だったり、すごく辛い経験をしている人たちだけれども、何か自分が生きていく上での道筋みたいなものを見据えている。そういう生きざまに触れると、よし自分もやってみるか、と勇気をもらうんです。

いまこうして生きていることが一番大事

福島　それは、北方先生ご自身がそういう一途なものをどこかに持ち続けていらっしゃるからでしょうね。先生の一途さが作品に出てくるのではないでしょうか。

北方　いや、私はもう若い頃の一途さみたいなものはかなり失ってしまったと思います。年をとるにしたがって少しずつ、少しずつ失ってきて、そういう自分がとても嫌ですね。それを何とかして取り戻したい。どこで取り戻せるかというと、やっぱり小説の中しかない。登場人物の人生でしか取り戻せないんです。

福島　先生ご自身も、ご自分の小説が力になっているわけですね。

北方　それはそうです。極端な話、私なんか本当は世の中にいなくたっていいんだけれども、書くことによって何とか生きることを許されている。もっと言えば、書くことによって生きることの意味をきちんと認識できているところがあると思うんです。

福島　その書かずにはいられないというお気持ちが、物語のリアリティとなって読者に伝わってくるんだと思います。先生の切実さ、真剣さというものが作品から伝わってくるのでしょうね。

北方　私の場合、書かなかったら死んでいるのと同じことですからね。福島先生が大学進学を反対された時に「僕は豚じゃない」とおっしゃって、懸命に生きがいを求められた。それと一緒ですよ。

だから人生に悩んでいる若い人に向かって言いたいのは、「生きて、生きて、生き切れ！」ということですよ。それ以外に具体的な言葉をあれこれ並べても無駄。命があるんだから「生きて、生きて、生き切れ！」。若い人にはそれで十分なんです。

福島　以前ＮＨＫの『課外授業　ようこそ先輩』というテレビ番組で、小学生の子供たちを相手に出前授業をやったことがありましてね。最後に子供たちに向かって「何か質問はありますか？」って聞いたんです。普通だったら「何が辛かったですか？」みたいな質問が挙がるんですが、ある女の子が「人生の中で、一番、よかったことは？」って聞いてきたんです。

不意を突かれましてね、一瞬答えに詰まってしまいました。「人生の中で一番、よかったこと？　難しいなあ！」って。その時、ふと思ったんです。あぁ、いまこうして生きていることだな、と。それが一番だと思って。それで、「やはり、僕が生きていること。これは、ほんと奇跡的なこと。生きていて、とてもそれはよかったなと思っています」と答えました。今考えても、たぶんそれ以上のことは言えないと思うんです。

人生いろいろあるだろうけれども、とにかく生きてさえいれば、それだけで人生というテストで八十点、九十点を取っているようなものではないでしょうか。だからとにかく生きることが大事。先生がおっしゃったように、「生きて、生きて、生き切れ！」ですよね。

北方　そういうことです。それが一番の根本ですよ。

福島　生きたくとも生きられなかった人だって、たくさんいる。せっかく命があるんだったら、やはり生きて、生きて、生き切るべきだと私も思います。

あとがき

福島　智

生きることに疲れていた。自分のふがいなさがやりきれなかった。五年ほど前のことである。

当時、ニューヨークに長期出張していた私は、その数年前に発症した「適応障害」（一種のうつ状態）が再発していた。数年前のはじめての時は、過労や職場での人間関係など、比較的病気の原因がはっきりしていた。しかし、この時は、なにが原因なのか分からなかった。

いや、すべてが原因だったのかもしれない。仕事も思うように進まず、家庭にも悩みを抱え、そして体もあちこち不調だ。ちょうど国内では東日本大震災が発生し、本来なら帰国して、被災障害者のために少しでもできることをなにかすべきなのに、心身がどうにもならない。

九歳で失明し、十八歳で聴力も奪われた。ヘレン・ケラーと同じ状態だ。目と耳に障害を併せ持つ「盲ろう者」になったのである。

だが、私は幸運だった。その後、実に多くの人たちの力に支えられて、これまで生きて来られた。

そして、大学教員になった。何をしても、「日本初」、「世界初」と言われ、世間から賞賛される。しかし、それがいったい何になるというのか。

盲ろう者を含め、障害者のために微力を尽くさなければならない。いつの頃からか、それを自身の使命のようなものと考えるようになった。

野心や夢ではない。高揚感《こうよう》もなく、むしろ、なにものかから与えられた役割を、果たさねばならないという義務感に近い。そうすることによってはじめて、私は生きることが許されている。そんな思いだった。

ところがその「微力」を尽くすこともできない。なぜ力が出ないのか。情けなかった。

十八歳の春。光と音の喪失という極限状況を経験する中でも、私は戦えた。運命と、社会と、そして自分自身と。かつてのあの若いエネルギーは、どこへいってしまったのか。

そんな思いの中で呻吟《しんぎん》していた時、北方謙三の作品に私は出会う。最初は、ひさびさに心踊る小説を読んだと感じた。そして、徐々に北方作品の世界に引き込まれていったのである。

北方作品の登場人物の生きざまや言葉が、一つ一つ私の乾いた心にしみた。歴史物にしてもハードボイルドにしても、北方作品で描かれる人物たちには、内面に秘めた強い力を感じる。その力とは、必ずしも腕力の強さのようなものを伴うわけではない。相手を打ち負かすような強さを持っていない主人公も少なくない。

例えば、現代物の代表的シリーズの一つ、「ブラディ・ドール」シリーズ中に『秋霜』という作品がある。主人公は初老の画家だ。彼は暴力とは無縁の人生を送ってきた人間である。肉体的な力強さも感じさせない。しかし、愛する女性を守るために、暴力を振るう相手に弱いながらも立ち向かっていく。

腕力ではとてもかなうはずもないので、簡単に殴り倒されてしまう。だけど、殴られても殴られても、立ち上がる。最初から勝負にならないとわかっているのに、いくら殴られても、気を失いそうになりながらフラフラと立ち上がる……。

そうか。立てば良いのだ。力が弱くても、たとえ積極的に戦えなくても、とにかく立つこと。自分が大切だと思うもののために、ただ立ち続けること。それでいい。それこそが、私の願望だ。読み終えて、私の身内に静かな勇気がわいた。

北方作品には切ないものが多い。生きることのどうにもならない悲しさがつきまとう。

しかし、やがてその切なさや悲しみは薄れ、透き通った光になる。そして、読後にその光が心に残るのだ。私は北方作品に、崖っぷちのぎりぎりで救われたのだった。

その北方謙三さんと対談する機会を得たのである。今でも、この展開が信じられない思いだ。

拙著『ぼくの命は言葉とともにある』（致知出版社、二〇一五年）の準備のためのインタビューで、私は上記のような北方作品との出会いを語った。それがきっかけで、月刊『致知』（二〇一五年二月号）で北方さんと対談することができた。今でも、あの最初の出会いの瞬間は忘れられない。握手のために差し出された分厚い手。温かさと同時に、ずしりとした重みがある。これがあの、数多くの作品群を生み出した手なのか……。これまで私が読んできた『水滸伝』や『楊令伝』などの膨大な作品世界を紡ぎ出した人が、今目の前にいる。そして対話することができる。そう考えるだけで、私は感動した。

本書は、北方謙三さんと私（福島智）との三回の対談と、二度のバーでの歓談記録をもとに、加筆・修正して構成したものである。一応、司会役の編集担当者も同席していたのだけれど、「君がしゃべると、テンション下がるんだよな」などと北方さんに再三いじられて、彼は結局あまり発言しなかった。なので、ここに収められている対談の形式や内容は、実際の対話にかなり忠実である。笑いも多く、硬軟両面にわたって存分に語り合った。ただし、当然のことながら、本書に収めきれない内容も多くあった。特に、バーでの歓談では、談論風発。下ネタから裏話まで飛び出し、とても活字にはできないのが残念だ。

そこで一つだけ、本書に収められていないエピソードを紹介しよう。第二章の冒頭で、北方さんが私に自分の当日の服装を触らせてくれる場面がある。上が厚手の黒のジャケットと、ストライプのネクタイ。下が「ダメージジーンズ」と呼ばれる、ところどころ破れめのあるジーンズだ。

まず、それを触った私が、「北方先生は、こういうファッションがお好きなんですね」と尋ねる。すると、北方さんは、「いや、違います。私は今日、福島先生ときちんとした話もしたい。けれども、砕けた話もしたいんです（笑）」と答えるやりとりがある。

つまり、目が見えなくて耳の聞こえない私に、そうしたメッセージをどうすれば伝えられるかと考えて、手で触れられる形で北方さんは表現してくれたということだ（実際、私は、ダメージジーンズの破れ目に触ったり、ついでにすばやく指を突っ込んだりした）。

本文の記述はここで終わっているのだが、実際は続きがある。それを北方さんには内密に、みなさんにだけお伝えしよう。

北方 それから、もう一つ。僕は福島先生に、自分を印象付けようと思って、いろいろ考えたんです。それで、女の子とデートする時につける香水を付けてきました。

福島 ああ、香水を。さっき少し香りがしましたね。これは何かな？

北方 アルマーニの「ジオ」っていうね。

福島　アルマーニの「ジオ」っていうんですか。（改めて香りをかいで）いやあ、なかなかこれは。何か、こう、プレイボーイっぽい香りだなあ。

北方　そうです。ハハハハ。

そして、その日、この「ジオ」の小瓶を記念にいただいたのだった。それ以来、ときどき私は「ジオ」をつけている。いつかどこかで、「これは北方謙三の香りなんだ」と言いつつ、プレイボーイっぽく振る舞えないかと密かに思っているのだけれど、いっこうにその機会は訪れない。

北方謙三ファンは、北方謙三をまねてはいけない。どうせ、北方謙三をまねることなどできないのだ。ファンは北方作品を愛読すれば良いのである。そうすれば、作品の中で、何人もの北方謙三と出会える。対談を終えた今、私はそう確信している。

本書は、月刊『致知』での北方謙三さんとの対談企画がなければ、おそらく誕生しなかっただろう。最初の誌上対談から本書刊行にいたるまで、致知出版社の藤尾秀昭社長にはたいへんに御尽力いただきました。深謝いたします。また、本書の構成を担当してくださった致知出版社編集部・佐貫隆一郎さんには、錯綜し、飛躍し、脱線しがちな私と北方さんのやりとりを、分かりやすく整理いただきました。まことにありがとうございます。

そして致知出版社編集部の小森俊司さんには、企画・編集全般にわたりたいへんお世話になりました。とりわけ、対談中に、「君がしゃべると、テンションが下がるんだよな」と北方さんにさんざんいじられながら、それでもくじけず、粘り強く奮闘くださった御努力に、敬意と感謝を捧げます。

平成二十八年七月

●読者のみなさまにお知らせ

点訳データ、音読データ、拡大写本データなど、視覚障害の方の利用に限り、本書内容を複製することを認めます。ただし、営利を目的とする場合にはこの限りではありません。

●本書のテキストデータを提供します。

視覚障害、肢体不自由などを理由として必要とされる方に、本書のテキストデータをＣＤ－Ｒで提供いたします。200円切手と返信用封筒（住所明記）と下のテキストデータ引換券（コピー不可）を同封の上、下記の住所までお申し込みください。

●宛て先

〒150－0001　東京都渋谷区神宮前4－24－9
株式会社致知出版社　書籍編集部
『運命を切りひらくもの』テキストデータ係

『運命を切りひらくもの』

テキストデータ引換券

〈著者略歴〉

北方謙三（きたかた・けんぞう）

昭和22年佐賀県唐津市生まれ。中央大学法学部卒業。56年『弔鐘はるかなり』でデビュー。58年『眠りなき夜』で吉川英治文学新人賞、60年『渇きの街』で日本推理作家協会賞長編部門、平成3年『破軍の星』で柴田錬三郎賞、18年『水滸伝』（全19巻）で司馬遼太郎賞をそれぞれ受賞。19年「独り群せず」で第1回舟橋聖一文学賞、22年第13回日本ミステリー文学大賞を受賞。25年紫綬褒章受章。著書は他に『三国志』（全13巻）『楊令伝』（全15巻）など多数。

福島　智（ふくしま・さとし）

昭和37年兵庫県神戸市生まれ。3歳で右目を、9歳で左目を失明。14歳で右耳を、18歳で左耳を失聴し、全盲ろうとなる。58年東京都立大学（現・首都大学東京）に合格し、盲ろう者として初の大学進学。金沢大学助教授などを経て、平成20年より東京大学教授。盲ろう者として常勤の大学教員になったのは世界初。27年本間一夫文化賞受賞。15（2003）年、米国の週刊誌『TIME』で「アジアの英雄」に選ばれた。社会福祉法人全国盲ろう者協会理事、世界盲ろう者連盟アジア地域代表などを務める。著書に『ぼくの命は言葉とともにある』（致知出版社）『盲ろう者として生きて』（明石書店）『ことばは光』（天理教道友社）などがある。

運命を切りひらくもの

平成二十八年八月十日第一刷発行

著者　北方謙三

福島智

発行者　藤尾秀昭

発行所　致知出版社

〒150-0001東京都渋谷区神宮前四の二十四の九

TEL（〇三）三七九六―二一一一

印刷・製本　中央精版印刷

落丁・乱丁はお取替え致します。　（検印廃止）

ISBN978－4－8009－1121－6 C0095

ホームページ　http://www.chichi.co.jp

Eメール　books@chichi.co.jp